Hoe overleef ik mijn eerste zoen?

Hoe overleef ik mijn eerste zoen?

Francine Oomen

met tekeningen van
Annet Schaap

Van Holkema & Warendorf

Eenentwintigste druk 2008

Unieboek BV, Postbus 97, 3990 DB Houten

www.unieboek.nl
www.francineoomen.nl

Tekst: Francine Oomen
Tekeningen: Annet Schaap
Vormgeving: Marius Brouwer

ISBN 978 90 269 9516 3
NUR 284

Van: Rosa van Dijk <rosa_vandijk@hotmail.com>
Aan: Esther Jacobs <esther@xs42.nl>
Verzonden: 12 augustus 14.10
Onderwerp: muppermeel uit Grunningen

Hoi Es de Bes,

Dit is mijn eerste meel naar jou, vanuit het verre noorden.
Ik snap niet dat er geen wet is die bepaalt dat kinderen mogen wonen waar ze willen. Dan hoeven ze niet zomaar met hun moeder en stiefvader mee te verhuizen, naar een plek waar ze niemand kennen en helemaal niet willen zijn. Ver weg van hun vrienden en van hun vader. Als ik naar mijn vader in Eindhoven wil, moet ik minstens drie uur met de trein!
Hoe verzint iemand het nou om in Groningen te gaan wonen? Dit is zo ongeveer het einde van de wereld!
Het is allemaal de schuld van Alexander, hij wilde verhuizen omdat hij hier een betere baan kon krijgen. En omdat mijn moeder in verwachting is, moesten wij natuurlijk mee.
Telkens als ik haar bolle buik zie, heb ik de neiging om te gaan gillen. Ze is nu echt al heel dik. Mama zegt dat het een liefdesbaby is. Op haar leeftijd! Als we aan het winkelen zijn, loop ik een kilometer achter haar, zodat niemand ziet dat ik bij haar hoor. Ik schaam me te pletter. Iemand die een dochter van veertien heeft en dan nog een baby krijgt! Een bejaardenbaby dus!
Alexander doet nog steeds heel verliefd tegen haar, maar tegen mij is hij hartstikke streng sinds hij bij ons woont. Hij zeurt steeds maar over mijn tafelmanieren, over dat ik de muziek te hard zet, en vooral over dat ik mama niet genoeg help. Ik wil best meehelpen, vooral nu ze zo'n dikke buik heeft, maar niet als ik het MOET. En vooral niet als hij het zegt. Hij is mijn vader niet en heeft dus niks over mij te vertellen.
Mijn moeder heeft ook nauwelijks meer tijd voor me, terwijl we het vroeger hartstikke gezellig hadden met zijn tweetjes.
En nu mag ik ook niet meer bellen! Alexander zei dat hij anders failliet gaat aan de telefoonrekening. Eigen schuld dikke bult, had hij maar niet moeten verhuizen. Gelukkig heb ik de computer nog, en

kan ik met jou en Jonas melen. Jammer dat Sas er geen heeft.
Jij bent deze week al begonnen in de tweede. Valt het mee? Heb je Pritsema dit jaar weer voor bio? En met wie heeft Sas op dit moment verkering? Met nummer zevenenzeventig of zo? Ik kan niet meer bijhouden hoe ze heten. Toen ik haar vorige week aan de telefoon had (record, tweeënhalf uur, op haar mobiel) vertelde ze dat ze in één week drie vriendjes had gehad. Hoe doet ze dat toch?
Ik heb nog niet eens gezoend. Jij ook niet, hè? Of stiekem wel en mij het niet verteld? Je moet mij alles meteen zeggen, hoor, dan doe ik dat ook bij jou. Als je echte vrienden bent, vertel je elkaar alles, toch?
Ik vroeg aan Sas hoe dat nou precies moest: zoenen. Ze grinnikte en mompelde wat over Ruig Zoenen en Soft Zoenen, maar ze wilde niet uitleggen wat het precies was. Ze zei dat ik het zelf maar moest uitproberen. Nou, daar heb je wat aan, zo'n vriendin. Van allebei de woorden krijg ik de rillingen. Bij Ruig Zoenen krijg ik een beeld van twee grommende, kwijlende beesten, met bloeddoorlopen ogen die elkaar de kleren van het lijf scheuren. En bij Soft Zoenen krijg ik een klef en plakkerig gevoel, brrr! Allebei niks, dus.
Veertien jaar en never been kissed. Zou dat wel normaal zijn? Ik zou trouwens nooit met iemand zoenen als ik niet echt verliefd was. Maar hoe weet je nou wanneer je dat bent? Hoe voelt dat?
Volgens mij is Sas niet echt verliefd op al die jongens. Ik denk dat ze het voor de sport doet. Ze heeft vast een hele gespierde tong! Sascha Jansen, wereldkampioen Tongen! Haha! (Niet tegen haar zeggen dat ik dat gezegd heb, hoor!!!)

Nou een ander onderwerp. Over vier dagen begint voor mij de school. Ik zie er vreselijk tegenop. Weer een nieuwe school, weer nieuwe leraren en kinderen, weer een nieuw gebouw waarin ik de weg vast en zeker kwijtraak. Ik kan er al de hele week niet van slapen en heb er buikpijn van. En nu heb ik, ramp, ramp, ook nog een ontsteking aan mijn oog! Het doet hartstikke zeer en ik zie er niet uit. Mijn rechteroog is helemaal dik en rood en er druipt pus uit. Wat wit hoort te zijn is knalrood. Ik denk dat ik blind word en een glazen oog moet. Ik durf niet eens meer in de spiegel te kijken, ik lijk wel een buitenaards monster.
Vanmiddag moet ik naar de dokter. Ik hoop maar dat hij er snel iets

aan kan doen, want zo ga ik niet naar school. No way!
Lange meel, hè? Ik heb toch niks anders te doen. Ik ken hier niemand en ik wil bovendien ook niemand leren kennen.
We wonen nu in een nieuwbouwwijk aan een pleintje, in een hoekhuis van een rijtje van vijf. Ik heb de zolderkamer. Hij is best ruim, met een grote dakkapel, maar hij staat nog vol met dozen van de verhuizing. Ik heb alleen mijn computer, mijn beer en wat kleren uitgepakt. Ik heb nergens zin in en doe de hele dag alleen maar suffe spelletjes op de computer.
Mijn moeder is druk bezig de babykamer in orde te maken. Ze heeft hem zuurstokroze geschilderd, want ze is ervan overtuigd dat het een meisje wordt. Dat wordt lachen als het niet zo is. Ze probeert me de hele tijd mee te slepen naar de stad om (roze) babykleertjes, navelbandjes, zwangerschapsbeha's en meer van dat soort stomme dingen te kopen. Mij niet gezien.
Op het plein spelen best veel kinderen, maar dat zijn allemaal baby's van onder de tien jaar. Ik heb nog niemand gezien van mijn leeftijd.
Ik heb de verrekijker van Alexander ingepikt en daarmee begluur ik iedereen. Zo kan ik hen lekker goed bekijken, maar zij mij niet.
Lieve Esther, meel supersnel terug want jij bent nog mijn enige reddingsboei. Als ik jou niet had, werd ik gek.

Groetjes van Rosa

P.S. Weet je dat ze hier 'moi!' zeggen, in plaats van 'doei' of 'houdoe'?! Lachen, hè?
En ze praten ook heel raar. Ik was in de supermarkt en ik verstond er geen bal van.
P.P.S. Ik hoop dat je niet boos wordt dat dit zo'n moppermeel was.
De volgende is vrolijker, dat beloof ik je!

Van:	Rosa van Dijk <rosa_vandijk@hotmail.com>
Aan:	Jonas de Leeuw <jdl@xs22.nl>
Verzonden:	vrijdag 13 augustus (ongeluksdag) 22.01
Onderwerp:	Flessenpost van Rosa de Zeerover

Ha die Joon de Boon,

Alweer twee weken geleden sinds mijn laatste meel. Ik had het gewoon echt heus serieus te druk. De verhuizing is nu zo'n beetje achter de rug, alhoewel mijn kamer nog vol dozen staat. Ik kan maar niet beslissen welke kleur ik mijn kamer zal schilderen. Ik wilde paars en roze, maar dat mag niet van Alexander. Hij bemoeit zich overal mee. Het is niet jofel om opeens een stiefvader te hebben, hoor.
Nu woon ik zo'n driehonderd kilometer bij jou vandaan, verder kan het bijna niet, in Nederland dan. Jij in het zuidelijkste puntje, ik in het noordelijkste. Ik baal als een stekker. Ik vind het allemaal zo oneerlijk.

Jij bent nu ook een brugpiepertje. Hoe bevalt het? Heb je leuke leraren? Heb je veel aan mijn survivaltips van vorig jaar?
Ik moet nu dus weer naar een nieuwe school. Dat vind ik doodeng. Ik ken er helemaal niemand! Hij heet het St. Job College. Wat een naam. Ik noem het het Flop College. Het is kei-ver fietsen, want wij wonen aan de rand van de stad. Ik heb het gisteren samen met mijn moeder uitgeprobeerd en we deden er 37 minuten over. Mama fietste zo langzaam als een slak door haar dikke buik, dus ik denk dat ik het in twintig minuten doe.
Verder is er een enorme ramp: ik heb een ontstoken oog. Ik ben net naar de dokter geweest en ik moet er iets in druppelen. Dat is nog niet zo erg, maar nu moet ik ook nog eens vijf dagen een zwart lapje dragen, om het oog rust te geven. Moet je voorstellen: zo'n zeeroverslapje! Ik loop knetter-straal vet voor gek! En over drie dagen begint de school!!!
Dat doe ik dus mooi niet. Ik blijf in mijn bed liggen tot het over is, met een kussen over mijn kop.
Alexander is lang zo aardig niet meer sinds hij bij ons woont. Hij zegt dat ik me niet moet aanstellen. Dat het veel erger is als ik de

eerste dagen in een nieuwe klas mis. Dat zo'n lapje juist stoer staat. Nou ja! Wat een oen. Laat hij het zelf dan maar omdoen naar zijn nieuwe werk!
Mijn vader zou zoiets nooit zeggen, die begrijpt me tenminste. Ik zie hem nu alleen nog maar in de vakanties. Ik mis hem heel erg maar eigenlijk ben ik ook best kwaad op hem, omdat hij het zomaar goedvond dat ik zo ver weg ging wonen, en wij elkaar dus nog maar heel weinig kunnen zien.
Zeg Joon, even iets heel anders, hebben wij eigenlijk nog Internet Verkering? Ik moet zeggen dat ik er niet veel meer aan vind. Ik vind het een beetje kinderachtig eigenlijk. Zullen we het maar uitmaken? Ik hoop dat je dat niet erg vindt. Je bent nog steeds mijn beste vriend hoor, samen met Esther en Sas. Maar je schrijft de laatste tijd alleen maar over voetballen en autoracen. Het interesseert me niks dat Michael Weet-ik-veel uit de bocht is gevlogen, en drie keer over de kop is gegaan, en dertig regels over een penalty van Frankie Huppeldepup kunnen me ook niet echt boeien. Ik weet niet eens wat een penalty is, en... stop! Ik hoef het niet te weten ook, voordat ik daar weer een hele meel over terugkrijg.
Het interesseert me meer hoe jij je voelt en wat je meemaakt. Of je al verliefd bent en zo, of dat er andere kinderen in jouw klas al verkering hebben. Of praten jongens daar niet over?
Sorry dat ik zo bot doe, maar ik ben gewoon hartstikke chagrijnig en ik heb de hele tijd buikpijn van de zenuwen, omdat ik iedereen zo mis en omdat mijn moeder over drie weken een baby krijgt en ik hier de hele tijd in mijn eentje op mijn zolderkamer zeerover zit te spelen.

Nou doeideboei!
Rosa met een pestpokkenhumeur

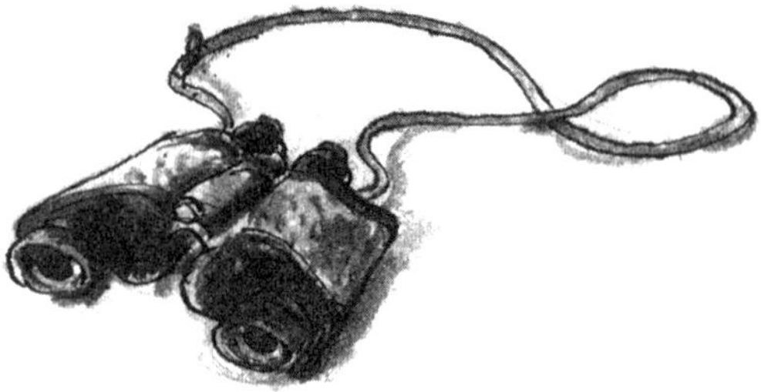

Spikes in zicht!

Rosa hangt uit haar raam en tuurt door de verrekijker naar buiten. Er is niemand op het plein, want het is nog heel vroeg. De lucht is zachtgrijs; zo te voelen wordt het weer een warme dag. In de verte zingt een merel.
Vandaag begint de school en ze moet nog steeds die zwarte lap dragen. Haar oog is iets beter, maar nog wel rood en gezwollen.
Gisteren heeft ze enorme bonje gehad met Alexander. Ze ging naar beneden om te zeggen dat ze niet naar school wilde. Alexander zat voor de tv met een hand op mama's bolle buik en zijn voeten op de tafel. Hij sprong op en zei dat ze wel moest gaan.
'Ik ga niet!' had ze geschreeuwd. 'Jij hebt niks over mij te zeggen, jij bent mijn vader niet eens, stomme rotvent. Het is jouw schuld dat ik hier in dit stomme rothuis zit en dat mama een stomme rotbaby krijgt!'
Toen had hij haar een draai om haar oren gegeven. De eerste klap die ze ooit in haar leven gekregen had. Rosa trekt het lapje omhoog en drukt heel voorzichtig een schone zakdoek tegen de tranen. Ze heeft ontzettend medelijden met zichzelf.
En dat was niet eens het ergst. Het ergst was dat mama haar niet verdedigde. Ze koos partij voor Alexander en zei: 'Rosa, naar je kamer, en je gaat morgen wel naar school.' Normaal zou ze nooit zo streng doen.
Het liefst zou ze weglopen, terug naar Den Bosch, naar haar

vrienden, of naar haar vader in Eindhoven. Maar hoe moet ze daar komen? Ze heeft geen geld.
Rosa schrikt op uit haar gedachten als ze plotseling een motor hoort starten. Ze buigt zich wat verder naar buiten om te zien waar het geluid vandaan komt. Drie huizen verderop gaat een deur in een houten schutting open en er komt een brommer met fietstassen vol kranten tevoorschijn. Rosa stelt haar verrekijker scherp. Dat gaat moeilijk als je maar door één oog kan zien. Op de brommer zit een jongen. Hij is ontzettend knap. Hij heeft blond haar met spikes erin, donkere wenkbrauwen en een gebruind gezicht. In zijn linkerwenkbrauw zit een piercing. Bruine, gespierde armen onder een wit T-shirt. Rosa gaat nog wat verder naar buiten hangen. Deze jongen heeft ze nog niet eerder gezien op het plein. Maar hij is natuurlijk ook te oud om met die ukkies te spelen. Rosa schat dat hij een jaar of zeventien is. De jongen verschuift wat aan de kranten en trekt een pakje sigaretten uit de achterzak van zijn spijkerbroek. Hij steekt er een aan en rijdt langzaam het pleintje over. Als hij langs Rosa's huis komt, kijkt hij omhoog. Geschrokken rukt ze de verrekijker van haar ogen. Stik! Hij heeft haar gezien! De jongen lacht en steekt zijn hand op. Dan geeft hij vol gas en rijdt het plein af.
Rosa duikt weg. Veel te laat natuurlijk. Ze schaamt zich dood. Hij heeft haar gezien, met die stomme lap voor haar oog, in haar nachtjapon en met een verrekijker. Wat moet hij wel niet denken? Met kloppend hart zit ze in elkaar gedoken tegen de verwarming onder het raam. Als hij maar niet gezien heeft dat ze stond te huilen.
In de verte hoort ze het geluid van de brommer wegsterven. Ze kijkt op de wekker naast haar bed. Half zeven. Wat moet ze nou doen? Naar school gaan of niet?

Aan Zeerover Roos <rosa_vandijk@hotmail.com>
Van: Jonas de Leeuw <jdl@xs22.nl>
Verzonden: 15 augustus 21.12
Onderwerp: Woeste baren

Lieve Zeerover,

Ik ben een gebroken man! Ik kom om in mijn tranen. Ik ben een wrak! Aangespoeld op een onbewoond eiland, zonder voedsel, zonder water en zonder Liefde!

In de verte vaart een schip weg, met zwarte zeilen en een doodshoofd op de vlag. Aan het roer staat de chagrijnige zeerover Rosa, ook wel Boze Roos genoemd. Zij draait zich nog een keer om en schiet een vuurpijl af, als laatste groet. En ik, ik zak in elkaar in een poel van tranen en word opgevreten door een krokodil.

Zie je wel dat ik ook best over andere dingen kan schrijven dan voetballen en autoracen. Als ik liefdesverdriet heb, wordt de dichter in mij wakker. Net zoals vorig jaar bij Aisha. Ze zit trouwens bij mij in de brugklas en ze is in de vakantie nog knapper en vooral groter geworden. Ze steekt nu een kop boven mij uit en heeft al b...!

Arme ik, ik maak totaal geen kans. Kun jij mij tips geven over hoe je een meisje versiert?

Maar ik vind het dus helemaal geen ramp dat je onze Internet Verkering uit wilt maken hoor. (BOEHOEHOE! Snik, snik! Waar is mijn pistool, waar zijn mijn slaappillen?) Ik zal mijn lot als een man dragen en die krokodil een rotschop geven. Zoenen met je computerscherm, daar was toch al niet zoveel aan.

Ik vind het leuk in de brugklas en heb veel aan je tips van vorig jaar. Ik weet precies wat ik moet doen als grotere kinderen brugmuggenpesterijtjes proberen uit te halen. Ik ben je voor eeuwig dankbaar, ook al ben ik je ex.

Heb je afgelopen woensdag Ajax-Milaan gezien? Geweldig, hè? (GRAPJE!)

Ik hoop dat je oog al over is, want morgen begint voor jou de school. Je moet niet zo zenuwachtig zijn, je vindt vast snel nieuwe vriendinnen. Je zult zien, het valt heus wel mee.

Hartelijke groeten van je ex,
Jonas

Aan: Rosa van Dijk <rosa_vandijk@hotmail.com>
Van: Esther Jacobs <esther@xs42.nl>
Verzonden: 16 augustus 16.17
Onderwerp: Kop-op!

Lieve Roos,

Sorry dat ik nu pas terugmeel, maar er was iets met de computer waardoor ik mijn meel niet kon ophalen. Wat naar dat je je zo rot voelt. Ik kan het me heel goed voorstellen, hoor. In een vreemde stad, zonder vriendinnen, ver van je pa. Ik vind het echt vreselijk voor je.
En raar dat Alexander nu opeens zo streng doet. Toen hij nog niet bij jullie woonde, was hij toch best aardig. Hij hielp je ook altijd met school. Maar ja, je moet maar denken, jij hebt nu twee vaders en ik heb er niet één, alleen maar een moeder. Het is best saai hoor, zo met zijn tweetjes. Als ik jou was, zou ik het hartstikke spannend vinden als mijn moeder een baby zou krijgen. Hebben jullie al namen bedacht? Mag jij bij de bevalling zijn? (Soms mogen kinderen dat!) Ik kijk wel eens naar dat bevallingsprogramma op tv en dan moet ik altijd huilen, zo mooi vind ik het. Ik hoop dat ik in de herfstvakantie mag komen logeren, dan kan ik de baby zien!
Met mijn moeders kledinglijn gaat het hartstikke goed. Ze gaat binnenkort een kantoor met een atelier huren in de stad en het grootste gedeelte van de kleren wordt nu in China gemaakt! Misschien moet ze daar wel eens heen en misschien mag ik dan wel mee! Ons leven is zo veranderd, Roos, en dat komt ook door jou. Werkt jouw moeder nog voor hetzelfde tijdschrift of doet ze nu iets anders?
Om je vraag te beantwoorden: nee, ik ben nog nooit verliefd geweest. Om eerlijk te zijn: jongens interesseren me geen biet. Sas heeft het nageteld en volgens haar heeft ze nu verkering met nummer achttien. (Jij kan ook overdrijven, zeg!) Hij heet Theo en is al negentien, en ze zegt dat dit de liefde van haar leven is. Ik moest ook tegen jou zeggen dat ze daarom zo weinig belt, omdat ze het te druk met hem heeft. Pffft.
Op vioolles gaat het heel goed. Ik heb een nieuwe lerares, de oude was met pensioen. Ze heet Mira en is nog heel jong, drieëntwintig of zo. Ze is net klaar met het conservatorium. Daar wil ik ook heen

later en dan word ik een beroemd violiste. Misschien ziet mijn verdwenen vader dan wel mijn naam in de krant staan en komt hij me opzoeken.
Nou, Rozie-Bozie, ik hoop dat het meevalt op school. Ik weet zeker dat je gauw nieuwe vriendinnen vindt en ze kunnen ook vast wel gewoon Nederlands praten. En je mag zoveel tegen me aanzeiken als je wilt, daar zijn vriendinnen voor.
Je hebt trouwens de hartelijke groeten van Pritt. We hebben hem dit jaar weer, joepie! En ook van Lidwien en Sas.

Doei!
Esther

Rosa veegt de tranen die over haar wangen lopen weg. Stik, is dat stomme lapje alweer nat. Maar ze durft het niet af te doen, uit angst dat ze er dan nog langer mee moet lopen. Ze zet de computer uit. In meteen terugschrijven heeft ze geen zin. Ze is hartstikke blij dat ze zulke goede vrienden heeft, maar ze begrijpen toch niet echt hoe gruwelijk het allemaal is.
Rosa loopt voor de duizendste keer die dag naar de spiegel om te kijken hoe het met haar oog is. Misschien kan het lapje er morgen toch wel af. Het oogwit is niet meer zo bloeddoorlopen en het oog is ook al minder dik. Maar het maakt nu toch al niks meer uit. Alles is voorgoed verpest.
Ze leunt uit het raam. Het is snikheet op haar kamer. Buiten verschijnen de eerste sterren aan de hemel. Het plein is leeg, maar uit een open raam klinkt geroep en gelach. Ze voelt zich ongelofelijk eenzaam.
Rosa loopt naar haar bed en pakt haar discman. Ze stopt de oortelefoons in en zet de muziek aan. Op deze manier krijgt ze in ieder geval geen gezeur van Alexander aan haar hoofd. Dan hijst ze zich op in het raamkozijn en kijkt schattend naar boven. Zou ze uit het raam kunnen klimmen en boven op de dakkapel gaan zitten? Daar is het vast koeler. Ze kijkt naar beneden. Brrr, best hoog! Als ze naar beneden valt...
'Nou en,' zegt een stemmetje in haar hoofd. 'Kan jou het wat schelen?'

Rosa pakt de verrekijker en legt die op het dak. Ze gaat op de rand van het kozijn staan, met haar gezicht naar het raam toe. Ze pakt de rand stevig vast en trekt zich voorzichtig omhoog. Zie je wel, het gaat best. Makkie. Het platte gedeelte boven haar raam is groot genoeg om op te liggen en het zakt niet door.
Rosa haalt diep adem en trekt zichzelf over de rand heen. Yes! Het is gelukt. Een beetje bibberig gaat ze zitten en ze kijkt om zich heen. Dit is een fantastisch plekje. Ze kan heel ver zien. Over de daken van de huizen, het volgende plein en de weilanden in de verte.
Een verkoelend windje blaast door haar haar. Rosa zucht en trekt haar knieën op tot onder haar kin. Dit is een goede plek om na te denken. Hier is ze tenminste echt alleen. Haar geheime plek.
Vandaag was het haar eerste dag op St. Flop en zo'n beetje de ergste dag van haar leven. Eerst was ze verkeerd gereden, waardoor ze te laat kwam. Toen ze het schoolplein opreed, knalde ze keihard tegen de stoep op, omdat ze met haar ene oog de afstand niet goed kon inschatten.
Daarna kon ze het lokaal niet vinden en moest ze zich door de conciërge laten brengen. Toen ze de klas binnenkwam, staarde iedereen haar aan en begonnen ze te fluisteren en te lachen en naar haar lapje te wijzen. Ze had het liefst rechtsomkeert gemaakt, maar dat durfde ze niet.
Om niet te hoeven huilen had ze haar neus omhooggestoken en net gedaan of het haar allemaal niks kon schelen. Er zaten achtentwintig kinderen in de klas, dus moest zij in een bankje alleen zitten, en dat bleef alle lessen zo. In de pauze wilden er twee meisjes met haar komen praten, maar omdat ze bang was dat ze zouden gaan zeuren over haar oog, of haar zouden uitlachen om haar Brabantse accent, had ze zich omgedraaid en was weggelopen.
Tot overmaat van ramp had ze gehoord wat een paar meisjes tegen elkaar fluisterden toen ze langsliep in de gang.
'Dat is die nieuwe, moet je zien hoe ze eruitziet!'
'Ze lijkt wel een zeerover. Doet ze zeker om op te vallen.'
'En ze is verwaand ook, ze wil met niemand praten.'
'Het is een echt Kijk-mij-nou-konijn!'
En toen waren ze in lachen uitgebarsten. Rosa was niet meer

naar het laatste uur gegaan. Ze had haar tranen niet meer binnen kunnen houden en was de school uit gerend. Door de botsing met de stoeprand zat er een enorme slag in haar wiel en moest ze helemaal naar huis lopen.
Rosa snuit haar neus. De muziek schalt in haar hoofd. Ze zet hem nog harder, zodat het bijna pijn doet.
Ze pakt de verrekijker en tuurt het halfduister in. Jammer, de meeste gordijnen zijn al dicht. Soms is het hartstikke lollig om binnen te gluren. Ze richt de kijker naar links. Dan stokt Rosa's adem opeens in haar keel. Ze kijkt recht in het gezicht van de jongen met de spikes.

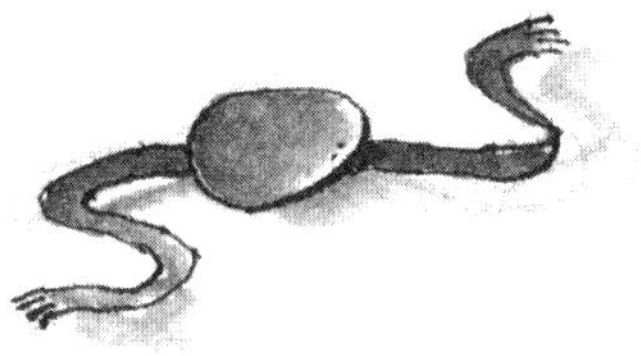

In-luf-kwis

Rosa laat de kijker zakken. Haar hart gaat als een razende tekeer en ze voelt haar gezicht vuurrood worden. Shit, shit, shit! Betrapt!

Hij zit op de dakkapel van zijn huis een sigaret te roken en hij grijnst breed naar haar. Zijn lippen bewegen, maar ze hoort niks. Gauw trekt ze de oortelefoons uit.

'Ha buurvrouw! Gaaf plekje hier, hè?'

Rosa knikt onzeker en schudt haar hoofd zodat haar blonde krullen voor haar gezicht vallen.

'Hoe heet jij?'

Rosa voelt zich ongelofelijk opgelaten en verstopt de verrekijker achter haar rug. 'Rosa,' mompelt ze.

'Wat?' roept de jongen. 'Ik versta je niet. Wacht, ik kom naar je toe.'

Verschrikt gaat Rosa op haar knieën zitten. 'Nee, gek! Niet doen!' roept ze. 'Dat is hartstikke gevaarlijk! Dadelijk val je naar beneden!'

Maar de jongen is al onderweg. Ze durft nauwelijks te kijken. Handig als een aap klimt hij een stukje omhoog, pakt zich vast aan de dakrand en schuifelt dan haar richting op. Er zitten twee andere dakkapellen tussen. In een mum van tijd is hij bij haar en laat zich naast haar neervallen.

'Idioot!' zegt Rosa. Haar stem trilt. 'Als je naar beneden valt, ben je morsdood! En dadelijk zakken we door het dak heen.'

Ze schuift een eindje opzij. De jongen is opeens heel dichtbij. Zijn bruine ogen glinsteren in het donker en hij heeft heel witte

tanden. Hij gooit zijn sigaret naar beneden.
'Ach nee, joh, ik val heus niet. Ik weet wel wat ik doe, hoor! Dit is niet de eerste keer. Hoe zei je nou dat je heette?'
'Ik heet Rosa, Rosa van Dijk,' antwoordt ze verlegen.
'Je bent nieuw hier, hè? Wij wonen hier al een jaar. Ik heet Thomas. Thomas Wiedema.'
'O,' zegt Rosa. Ze durft hem niet aan te kijken.
'Wil je een sigaret?' Hij houdt haar het pakje voor.
'Nee, dank je. Ik rook niet.'
'Heel verstandig,' zegt Thomas. Hij steekt er zelf wel een op en knijpt zijn ogen dicht tegen de rook die omhoogkringelt.
Hij leunt met zijn rug tegen de schuine kant van het dak en strekt zijn lange benen. Rosa ziet dat hij, net als zij, op blote voeten is. Bruine blote voeten met lange tenen.
'Vind je het hier leuk?'
Rosa is verbaasd. Ze had verwacht dat hij eerst iets over haar oog zou zeggen. Of over haar zachte g. Of over de verrekijker. Ze ontspant zich een beetje.
'Nee,' zegt ze.
'Op welke school zit je?'
'Sint Flop, in de tweede.'
Ze durft niks terug te vragen. Ze wilde dat ze verder van hem weg kon gaan zitten, maar als ze dat doet, valt ze over de rand en dan is ze er geweest. En dat wil ze vreemd genoeg opeens niet meer.
Thomas grinnikt. 'Heb ik ook op gezeten, maar ik ben eraf. Mag ik eens door je kijker kijken?' Hij steekt zijn hand uit. Rosa haalt hem vanachter haar rug tevoorschijn.
'Ik was je heus niet aan het bespioneren, hoor. Ikke... ik kijk graag naar vogels.'
Thomas grijnst. Met zijn sigaret in zijn mondhoek en samengeknepen ogen tuurt hij door de kijker.
'Wauw, dit is een dure. Hij is hartstikke goed! Ha! Je kunt zo bij de ouwe Boersma naar binnen gluren!'
'Bij wie?'
'Ouwe Boersma. Die woont daar in dat huis, in zijn eentje. Hij is vierenzeventig en een beetje van dattum.' Thomas tikt tegen de zijkant van zijn hoofd.

Hij geeft de kijker weer terug en kijkt haar onderzoekend aan. O, o, nou zul je het hebben, denkt Rosa. Nu krijgen we commentaar.
Maar Thomas staat op en kijkt met een ondeugende grijns op haar neer. 'Ik ben benieuwd of je andere oog net zo mooi blauw is, Rosa. Leuk dat we buren zijn. Ik zie je nog wel eens, hè! En sterkte met de hele boel.'
Met een soepele sprong grijpt hij zich aan de dakrand vast en in een oogwenk is hij weer op zijn eigen dakkapel. Hij gooit zijn sigaret weg, zwaait nog een keer naar Rosa, die hem met opengevallen mond nakijkt en verdwijnt door zijn raam.

Aan: Esther <esther@xs42.nl>
Van: Roos <rosa_vandijk@hotmail.com>
Verzonden: 20 augustus 23.12
Onderwerp: Tot over mijn oren!

Hoi Esther!

Bedankt voor je meel.
Het gaat opeens een stuk beter met mij. En weet je hoe dat komt?
Ik ben sinds drie dagen verliefd! Voor het eerst! Tot over mijn oren!
Weet je nog dat ik je schreef dat ik niet wist hoe het voelde? Nou, nu weet ik het wel!
Hier volgt de verliefdheids-kwis. Ik heb hem zelf gemaakt en ik dacht dat hij wel handig voor jou was. Voor het geval dat!
Voor elke vraag krijg je een punt.
Tien punten is smoorknettermega in luf. Vijf punten is lauw in luf, heb je minder punten, dan stelt het nog niet zoveel voor. Hier komt hij:

DE GROTE BEN-IK-IN-LUF-KWIS

1. *Je kunt niet langer dan 10 seconden aan iets anders denken dan aan hem/haar.*
2. *Als je aan hem/haar denkt, krijg je vlinderstormen in je maag.*
3. *Als je hem/haar ziet, krijg je zweethanden, knikknieën en bibberbenen.*
4. *Je verkleedt je minstens vier keer op een dag.*
5. *Je praat de hele dag tegen hem/haar in je hoofd.*
6. *Je agenda en je schriften staan vol met hartjes en zijn initialen.*
7. *Je bent niet in staat meer dan drie woorden achter elkaar te lezen en je kunt je op niks concentreren.*
8. *Je oefent je eigen handtekening, maar met zijn achternaam.*
9. *Je bent de hele dag bezig romantische verhalen te bedenken waarin jij en je geliefde de hoofdrol spelen.*
10. *Je kunt niet slapen en eten.*

De jongen op wie ik ben, heet Thomas en hij woont bij ons in het rijtje, drie huizen verder. Hij heeft een brommer en brengt iedere ochtend heel vroeg de kranten rond. Als hij wegrijdt, bespioneer ik hem met mijn verrekijker en ik heb al een keer met hem gepraat. O, Es, hij is zo knap! Hij heeft stoere spikes in zijn haar en heel mooie bruine ogen. Hij is heel gespierd en heeft mooie witte tanden en een heel mooie stem en... alles, echt alles is leuk aan hem. Het kan me niks meer schelen dat het op school niet fijn is. Ik zit gewoon de hele tijd van hem te dromen, en ook van dat hij gezegd heeft dat ik een mooi blauw oog heb. (Mijn andere heeft hij nog niet gezien.) Het lapje is er trouwens sinds gisteren af en je ziet bijna niks meer van die ontsteking.

Doehoei!
Rosa op een roze wolkje

'Goh, Roos! Wat zie je er stralend uit vandaag.'
Rosa gaat met een plof aan de ontbijttafel zitten. Gelukkig, Alexander is al naar zijn werk.
Rosa springt meteen weer op omdat er geen boter en sap op tafel staan. Ze schenkt haar moeder een glas sap in en geeft een klopje op haar dikke buik. 'Hier, dat is goed voor jullie!'

Dan gaat Rosa weer zitten en pakt een boterham. Plotseling ziet ze dat haar moeder tranen in haar ogen heeft.
'Hè, huil je? Wat is er?'
Haar moeder veegt met een mouw haar ogen droog en lacht. 'Ik ben gewoon blij dat je weer eens opgewekt bent, Roos! Zo ken ik je weer.' Ze bukt zich naar Rosa toe om haar een knuffel te geven, maar haar buik zit in de weg. 'Je was de laatste tijd zo bozig en nors. Ik maakte me echt zorgen om je.'
In plaats van de knuffel geeft ze Rosa een aai over haar krullen.
'Begin je al een beetje te wennen, lieverd?'
Rosa haalt haar schouders op en besmeert de boterham met een dikke laag chocopasta.
'Best wel.'
'Vind je het hier niet leuk?'
Rosa haalt weer haar schouders op. 'Eerst vond ik het waardeloos, maar nu gaat het wel.'
'Heb je al vriendinnen op school?'
'Mwaah!' mompelt Rosa met volle mond. Ze springt overeind om de kaasschaaf te pakken. Mama hoeft niet alles te weten. Ze vertelt alles meteen door aan Alexander en daar heeft ze geen behoefte aan.
Rosa's moeder wrijft vermoeid in haar ogen en gaapt.
'Ik doe geen oog dicht meer 's nachts. De baby maakt salto's en schopt aan één stuk door. Ik kan me ook nauwelijks meer omdraaien als ik lig.'
Rosa bekijkt haar moeders buik. 'Je bent ook wel heel superdik, hoor! Zijn het er geen twee, of drie?'
Rosa's moeder lacht. 'Nee hoor, stel je voor. Maar ik merk gewoon wel dat ik geen vierentwintig meer ben, zoals toen bij jou. Het is nu toch een stuk zwaarder.'
'Eigen schuld, dikke bult,' zegt Rosa lachend. 'Snap je hem: dikke bult.'
Rosa's moeder lacht een beetje zuur. 'Haha, ja, ik snap hem. Grappig, hoor.' Dan kijkt ze ernstig.
'Zeg, Roos, ik zou het fijn vinden als je wat vriendelijker tegen Alexander deed. Het is voor hem ook niet makkelijk om er opeens een tienerdochter bij te hebben. Hij bedoelt het allemaal goed en...'

'En hij is een bemoeial en het is zijn schuld dat we verhuisd zijn, en ik al mijn vriendinnen kwijt ben.' Rosa's goede stemming is meteen verdwenen. Ze staat op om haar boterhamtrommel te pakken.
Ze ziet dat haar moeders gezicht betrekt.
'Sorry mam.' Rosa geeft haar een kus op haar hoofd. 'Hebben jullie eigenlijk al een naam voor de baby bedacht?'
Haar moeder glimlacht en knikt. 'We twijfelen tussen Sanderijn en Sophie. Wat vind jij?'
'Weet je zeker dat het een meisje wordt?'
Rosa's moeder knikt. 'Dat voel je, als moeder.'
'Maar je weet het niet zeker?'
'Nee.'
'Dan zou ik zeggen: Sander. Volgens mij wordt het een jongen.'
Haar moeder grinnikt. Ze pakt het tijdschrift op waarin ze zat te lezen toen Rosa binnenkwam. Haar gezicht betrekt. 'Ze maken er een zooitje van,' mompelt ze boos. 'Moet je nou eens kijken, de lay-out ziet er niet uit. Die nieuwe hoofdredactrice snapt er echt niks van.'
'Had je maar niet moeten verhuizen, mam!' zegt Rosa. 'Dan had je je baan nog. Leg het nou maar weg, je krijgt er alleen maar een slecht humeur van.'
Rosa's moeder slaat het blad dicht. 'Je hebt gelijk, verstandige dochter van me. Nou, veel plezier op school vandaag!'
Veel plezier, maar niet op school, denkt Rosa, terwijl ze op de fiets stapt. Ze heeft ontdekt dat Thomas in een snackbar in de stad werkt. Ze is er heel toevallig achter gekomen. Ze had zich gisterenmiddag toch door haar moeder laten meeslepen om de laatste dingen voor de baby te kopen. Ze liepen door een drukke winkelstraat, toen haar moeder opeens stilstond voor een snackbar en uitriep: 'Jee, ik heb opeens zo'n ongelofelijke trek in een haring met uitjes. Kom op Roos, we gaan er een scoren!'
'Pfff, praat normaal alsjeblieft,' had Rosa geantwoord. Haar moeder probeert de laatste tijd hip te praten en Rosa schaamt zich kapot als ze dat doet. Maar haar moeder hoorde het niet, want ze was al binnen. Toen Rosa de deur wilde openduwen, zag ze opeens dat Thomas achter de toonbank stond. Ze kon wel door de grond zakken. Ze was meteen weggedoken en had voor een

etalage verderop op haar moeder gewacht, die heel verbaasd was dat ze geen frietje wilde.

'Ik kan echt niet meegymmen, juf,' zegt Rosa en ze trekt een zo zielig mogelijk gezicht. 'Ik heb ontzettende kramp in mijn buik.' (Die smoes had ze vorige week van een ander meisje gehoord.)
'Moet je ongesteld worden?'
Rosa schrikt. Stik, daar had ze niet aan gedacht. 'Nou, uuuh, dat weet ik niet. Misschien wel.'
'Ben je het wel eens geweest?'
Rosa schudt haar hoofd en voelt dat ze rood aanloopt. Waar bemoeit dat mens zich mee?
'Nou, ga dan maar. Heb je nog les daarna?'
'Nee juf!' En weg is Rosa.
Ha! Dat ging makkelijk! Bij de gedachte dat ze Thomas gaat opzoeken, krijgt ze echt buikpijn van de zenuwen. Thuis op het plein ziet ze hem niet vaak. Hij is 's morgens al vroeg weg en 's avonds pas laat thuis. Ze heeft inmiddels zijn moeder een keer gezien. Een vrouw met felrood geverfd haar, hoge hakken en een zonnebankkleurtje.
Rosa staat aan het begin van de straat waar de snackbar is. Zou ze naar binnen durven?
Ze haalt haar handen door haar krullen en bekijkt zichzelf in een etalageruit. Is ze te dik? Ze trekt haar buik in en steekt haar borsten vooruit. Hè bah, nee. Ze doet gauw haar spijkerjasje aan, dat over het stuur van haar fiets hing. Misschien moet ze zich toch eens opmaken, dan ziet ze er ouder uit. Ze lijkt wel twaalf of zo. Rosa haalt weer heel diep en trillerig adem. Ze komt gewoon toevallig, per ongeluk, niet expres langsgelopen en ze heeft honger. Ja, hup!
Zo langzaam als ze kan, loopt ze met haar fiets aan de hand door de straat. Ze durft niet. Wel, niet. Wel. Daar is de snackbar. Wel... niet... Eerst een keer erlangs. Rosa loopt snel voorbij en werpt een zenuwachtige blik naar binnen. Achter de toonbank staat een dikke vrouw te praten met een man die net in een kroket hapt. Geen Thomas. Nog een keer. Weer geen Thomas. Als Rosa vijf keer onopgemerkt langs is gelopen haalt ze opgelucht adem. Hij is er niet. Pfoeh, maar ook wel balen tegelijk. Intussen heeft ze

ontzettende honger, want op haar boterhammen zat vieze pindakaas en die heeft ze in de pauze weggegooid.
'Een frietje met, alstublieft.'
'Groot, middel of klein?' vraagt de dikke vrouw.
'Uuuh, groot,' zegt Rosa. Ze duikt in haar rugzak om haar portemonnee te zoeken. Als ze overeind komt, kijkt ze recht in het lachende gezicht van Thomas. Hoe doet hij dat toch, telkens uit het niets opduiken? Ze voelt haar gezicht knalrood worden.
'Hoi buurvrouw!'
'Hoi, ook toevallig. Ik wist niet dat jij hier werkte.'
Thomas grinnikt. Hij ziet er nog knapper uit dan de vorige keer. Gebruind, met een lichtblauw T-shirt en zijn haren door de war. Hij buigt zich naar haar toe en kijkt diep in haar ogen.
Rosa's hart bonst en ze voelt dat ze zweethanden krijgt.
'Ja! Het is net zo mooi als het andere,' zegt hij ten slotte.
Rosa kijkt verbaasd om zich heen.
'Wie? Wat?'
'Je oog!' zegt Thomas. 'Rosa Blue Eyes!'
Rosa grinnikt schaapachtig. Ze voelt dat haar knieën beginnen te knikken en ze weet nu helemaal niet meer wat ze moet zeggen. Verlegen wrijft ze in haar oog en staart dan naar haar sandalen. O, wat heeft ze de pest aan zichzelf dat ze niks grappigs of stoers weet terug te zeggen.
'Je patatje, jongedame! Dat is dan één euro vijfenzeventig!'
Thomas pakt de zak friet van de dikke dame aan, maakt een buiging en geeft hem aan Rosa. 'Alsjeblieft, van het huis.'
'Hoe... hoe... hoezo, wat bedoel je?' stottert Rosa.
'Je hoeft hem niet te betalen, suffie, van mij!'
Rosa wordt zo mogelijk nog roder en pakt de zak friet aan.
'Nou, doei!' Ze draait zich om en loopt naar de deur.
'Hé Rosa! Zullen we afspreken, vanavond op het dak?'
Rosa's adem stokt in haar keel. Ze kan niet geloven wat ze hoort. Ze draait zich terug naar Thomas. Een stel frieten vallen uit de volle zak op de grond.
'O jee, uuuh... nou...' Ze bukt zich om ze op te rapen. Thomas komt achter de toonbank vandaan en loopt naar haar toe. Hij staat heel dichtbij.
'Laat maar liggen, hoor, ik raap die frieten wel op. Tot vanavond

op het dak dan? Ik ben er om een uur of half elf.'
Hij knipoogt en loopt met de frieten in zijn hand de keuken in.
Rosa kijkt hem sprakeloos na.
De dikke vrouw geeft haar ook een vette knipoog en steekt met een brede lach haar duim omhoog.
'Laat het je smaken, schat!' zegt ze.

Van: Esther Jacobs <esther@xs42.nl>
Aan: Rosa van Dijk <rosa_vandijk@hotmail.com>
Verzonden: 24 augustus 17.03
Onderwerp: Is luf leuk?

Hoi Rosie,

Bedankt voor je kwis. Hij lijkt me erg nuttig (haha).
Zo te horen lijkt het me vreselijk om verliefd te zijn. Een ernstige ziekte! Wat is daar nou leuk aan? Moet ik je feliciteren of condoleren? Zeg, weet die jongen eigenlijk wel dat je op hem bent? Ga je het hem zeggen? Ik ben benieuwd hoe dit afloopt. Dus vertel me alles, want ik ben razend nieuwsgierig.
Heb jij nog iets van Sas gehoord? Ze is al twee dagen niet op school geweest. Ik heb bij haar thuis aangebeld, maar niemand deed open.
Heb niet veel tijd om te schrijven – proefwerk Grieks morgen. Brrr, voor de eerste keer. Is kei-moeilijk. Is je oog over?

Zzzoen van Esssssther

Hij komt wel... Hij komt niet...

Rosa springt op vanachter haar computer en rent naar het raam. Ze dacht dat ze iets hoorde.
Stik. Niemand. Haar hart klopt in haar keel. Het is al half twaalf geweest en Thomas is er nog steeds niet. Ze had van kwart over tien tot kwart over elf op het dak gezeten en het steenkoud gekregen. Ze staart naar de volle maan. 'Hij is het vergeten,' mompelt ze. 'Of hij moest overwerken. Er kwam vast opeens een buslading Japanners en die moesten allemaal friet met een bamibal en een loempia.'
Ze zucht diep en gaat weer achter de computer zitten. Naast haar ligt een chipszak. Die heeft ze van de zenuwen helemaal leeggegeten. Ze wilde hem eigenlijk delen met Thomas, op het dak. Pech voor hem. En pech voor haar, want morgen krijgt ze natuurlijk op haar kop van Alexander als hij merkt dat er een zak chips is verdwenen. Alexander merkt alles.
Rosa zucht diep. Wat een onzin ook om te denken dat hij haar leuk zou vinden. Ze is pas veertien, en hij... Dat moet ze hem vragen, ze weet niet eens hoe oud hij is. Ze weet eigenlijk helemaal niks van hem. Alleen dat hij knap is. En stoer. En... en alles.
Ze besluit eerst Jonas terug te mailen.

Aan: Jonas de Leeuw <jdl@xs22.nl>
Van: Rosa van Dijk <rosa_vandijk@hotmail.com>
Verzonden: 24 augustus 23.42
Onderwerp: Versierrrtips

Lieve Joon de Kloon,

Jij vroeg mij of ik je tips wilde geven hoe je een meisje kunt versieren. Ik heb nog niet zoveel ervaring, maar ik kan je wel vertellen hoe ik graag versierd zou worden.
(Niet door jou, hoor, want jij bent al mijn ex.)

Versiertips (voor jongens)

1. *Zeg tegen haar dat ze de mooiste blauwe (of bruine, in jouw geval) ogen op de wereld heeft. Nee (op de wereld is overdreven, dan gelooft ze het niet), die je ooit gezien hebt. Dat ze prachtige Bambi-ogen heeft of zo. Verzin maar iets dichterlijks. En liefst iets origineels.*
2. *Zeg tegen haar dat je altijd zo om haar moet lachen, omdat ze zulke grappige dingen zegt.*
3. *Zeg tegen haar dat je haar knap vindt.*
4. *Kijk haar lang en diep in de ogen.*
5. *Koop iets leuks voor haar. Een zak friet. Of een doos bonbons. Nee, dat is meer voor oude mensen. Trakteer haar gewoon ergens op.*
6. *Geef haar een lieve, leuke bijnaam, dat maakt dat ze zich speciaal voelt.*
7. *Maak je extra mooi voor haar. Zet je beste tandpasta-smile op.*

Nou, dat was het wel voor vandaag. Volgens mij kom je hier al een eind mee. Dit waren de versiertips voor beginners. Als ik meer bedenk, zal ik het je schrijven.
Hoe is het met Michael Huppeldepup? Is hij de laatste tijd nog uit de bocht gevlogen?

Groetjes van je ex, Rosa

P.S. Ik hoop niet dat je het erg vindt, maar ik ben verliefd op iemand. Hij heet Thomas, hij heeft heel coole spikes in zijn haar en hij is ontzettend leuk!

Aan: Esther Jacobs <esther@xs42.nl>
Van: Rosa van Dijk <rosa_vandijk@hotmail.com>
Verzonden: 24 augustus 23.59
Onderwerp: Verliefd is verrie leuk

Hoi Esther,

Hoe kom je erbij dat verliefdheid een ziekte is? Het is juist heerlijk en spannend. Wacht maar tot jij aan de beurt bent, of ben je soms van plan met je viool te trouwen?
Ik heb geprobeerd Sas te bellen maar haar mobiel staat op voicemail en bij haar thuis nemen ze niet op.
Korte meel, weet niet veel.

Dadeliedoe!
Rosa

Buiten klinkt een schel fluitje. Rosa's hart maakt een dubbele salto en ze rent naar het raam. Thomas' gezicht hangt boven haar. Hij kijkt haar lachend aan en steekt een hand uit.
Rosa grijpt hem vast. Zijn hand voelt warm en stevig aan als hij haar omhoogtrekt. Eenmaal op het dak kan ze haar ogen niet geloven. Op het vierkante vlak staan wel honderd brandende waxinelichtjes, opgesteld in een groot hart. Het ziet er sprookjesachtig uit.
'Wauw!' roept ze. 'O Thomas, wat prachtig! Hoe heb je dat voor elkaar gekregen? Ik heb niks gehoord!'
Thomas lacht. Zijn ogen stralen. 'Heel zachtjes. Het moest een verrassing zijn.'
Hij klopt op de zachte witte deken die hij midden in het hart heeft uitgespreid. 'Kom naast me zitten, mooie Blue Eyes, en geniet van het uitzicht.'
Hij ziet er razend knap uit. De spikes zijn weggewassen en zijn haar is blond en glanzend. Voorzichtig gaat ze midden in het hart zitten. De maan staat groot en helder boven hen en in de verte zingt een nachtegaal. De lucht is fluweelblauw, het is windstil en warm.

'Een perfecte avond,' zegt Thomas. Hij pakt haar hand vast. 'Een perfecte avond, voor een perfect meisje. O, lieve Roos, als je eens wist. Je bent de afgelopen dagen geen seconde uit mijn gedachten geweest... Ik kon niet meer eten, niet meer slapen, ik liet de frieten aanbranden...'
Hij tast achter zich op de deken.
'Doe je ogen eens dicht.'
Gehoorzaam doet Rosa wat hij vraagt.
'Ruik eens.'
Rosa snuift. Een betoverende, zoete geur dringt haar neusgaten binnen. Ze opent haar ogen en ziet een prachtige, dieprode roos.
'Voor jou,' zegt Thomas zacht. 'Een perfecte roos, voor het mooiste en liefste meisje dat ik ooit ontmoet heb.'
Rosa bloost en neemt de bloem aan. Ze buigt haar hoofd en snuift nog een keer de heerlijke geur op. Thomas' hand streelt zachtjes over haar blonde krullen.
'Je haren lijken wel van goud in het maanlicht.' Zijn stem klinkt een beetje schor. Hij legt zijn vingers zachtjes onder haar kin en tilt haar gezicht op. Diep kijken zijn bruine ogen in haar blauwe. 'En als ik in je ogen kijk, dan lijkt het alsof ik door de hemel vlieg. Mijn lieve, mooie Blue Eyes.'
Hij buigt zijn hoofd naar haar toe en fluistert: 'En je lippen, mooier en frisser dan deze roos...'
Rosa sluit haar ogen en ze voelt de warmte van Thomas' lippen als ze zacht en teder de hare raken...

'Rosa! Rosa!'
Haar deur wordt opengerukt. Alexander staat in de deuropening.
'Rosa! Ik heb je al wel tien keer geroepen, waarom antwoord je niet? Doe die dingen uit je oren!'
Rosa, die op haar bed lag, komt geschrokken overeind en trekt de oortelefoons uit.
'Wat is er?' vraagt ze boos. 'Waarom kom je zomaar mijn kamer binnen?'
'Je moeder! Het gaat niet goed met haar, de ambulance komt eraan. Jij moet thuisblijven, ik ga mee naar het ziekenhuis.'
'Naar het ziekenhuis?' Rosa voelt een scheut van angst door haar buik schieten. 'Wat is er dan? Zeg het me!' roept ze.

Ze wacht Alexanders antwoord niet af, maar rent langs hem heen, de trap af. In de verte hoort ze een sirene loeien.
'Mama! Mam! Waar ben je!'
Alexander komt achter haar aangerend. 'Ze is op onze slaapkamer. Ga maar liever niet naar haar toe, Rosa!'
Rosa stormt naar binnen. Haar moeder ligt met haar kleren aan op bed. Ze heeft haar ogen dicht en ziet lijkbleek. De sirene is nu heel dichtbij. Alexander holt naar beneden om de deur open te doen. Rosa knielt naast het bed neer en grijpt haar moeders hand. Die is koud en helemaal slap. Haar moeder spert haar ogen open en geeft een kreet. Ze klampt haar handen om haar buik.
'Mam!' schreeuwt Rosa als ze ziet dat het dekbed onder haar moeder doorweekt is van het bloed. Ze begint te huilen. 'Mama! O mama, zeg nou wat. Niet doodgaan, mama!'
Twee mannen in witte pakken rennen de kamer binnen, met een brancard tussen zich in.
Rosa deinst achteruit, maar haar ogen laten het bleke gezicht van haar moeder niet los. Het lijkt alsof ze bewusteloos is. De bloedvlek wordt snel groter.
'Hoeveel weken?' roept de voorste man, terwijl hij naast Rosa's moeder gaat zitten en haar pols vastpakt.
'Vijfendertig, geloof ik!' roept Alexander, die ook spierwit ziet. De andere man zet een apparaat naast het bed en klemt een zuurstofmasker over de neus van Rosa's moeder.
'Achteruit meisje, geef ons de ruimte.'
Handig tillen ze haar moeder op de brancard. Alexander pakt haar hand.
'Heleen, lieverd, hou vol, het komt allemaal goed,' stamelt hij.
Dan gaat alles opeens razendsnel. In een oogwenk zijn de mannen met haar moeder de trap af en de deur uit. Rosa staat verdwaasd in een hoek van de kamer en staart naar de bloedvlek op het witte dekbed. In de verte sterft het geluid van de sirene weg.

Appie Garnaal

'Pap, papa... ze gaat dood, ze gaat dood!' is het enige wat Rosa kan uitbrengen.
Ze zit met blote benen op de koude tegels in de gang en drukt de telefoon tegen haar oor.
De tranen stromen over haar wangen. 'Papa! Ik ben zo bang!'
'Roos, Roos, rustig nou eens even. Het is elf uur, ik sliep al. Ik begrijp er niks van. Probeer eens te kalmeren en vertel het me nog een keer. Waar zijn mama en Alexander?'
'Ze gaat dood,' huilt Rosa. Ze krijgt bijna geen lucht meer, zo hard moet ze huilen. De telefoon valt op de grond. Rosa rolt zich in elkaar en snikt hartverscheurend. Haar moeder gaat dood. Allemaal de schuld van Alexander! En ze heeft zo rot tegen haar gedaan en haar veel te weinig geholpen met die dikke buik, en vanavond zelfs nog ruziegemaakt om de afwas. Misschien is het wel haar schuld!
Ze hoort een stem uit de telefoon roepen. 'Rosa! Rosa! Praat tegen me!'
Rosa haalt diep en schokkerig adem en pakt de telefoon. 'O papa! Waarom ben je er niet? Ik ben zo bang. Ik heb zo'n spijt!'
'Roosje, kalm nou maar. Wat is er gebeurd? Haal diep adem en adem langzaam uit.'
De stem van haar vader klinkt vertrouwd en liefdevol, waardoor ze zich iets minder paniekerig voelt. Rosa probeert rustiger te

ademen. Ze ziet dat de voordeur nog openstaat.
'Mama... o pap, er was een heleboel bloed!'
Haar vader onderbreekt haar. 'Komt de baby? Is de bevalling begonnen?'
'Weet ik niet...'
'De baby was toch pas eind september uitgerekend?'
'Alexander... Alexander zei tegen die meneer van de ambulance... vijfendertig weken.'
Rosa snuit haar neus in haar nachtjapon.
'Goed zo. Rustig maar, meisje.'
'Wat is er, Joop, wat zegt ze?' hoort ze papa's vriendin Annemarie vragen.
'Sjjjt, ik vertel het zo wel,' zegt Rosa's vader tegen haar.
'Roosje, luister goed, ben je alleen thuis?'
'Jaaa!' snikt Rosa. 'Helemaal alleen! Ze zijn weggegaan zonder mij.'
'Kun je niet naar de buren?'
'Ik ken hier helemaal niemand!' Rosa begint weer harder te huilen.
'Stil nou maar, kindje, ga eerst eens naar de keuken en drink een glas water. Heb je een draagbare telefoon of een vaste?'
'Een losse,' snikt Rosa.
'Oké, neem hem maar mee.'
Rosa staat op en loopt naar de keuken. Ze klampt zich vast aan de telefoon alsof het een reddingsboei is.
Haar tanden klapperen tegen het glas en ze verslikt zich in het water. Als ze uitgehoest is, hoort ze haar vader zeggen: 'Roosje, luister eens, het gaat vast prima. De baby is een maand te vroeg, maar dat is helemaal niet erg. Hij kan dan al prima leven. Er is waarschijnlijk niks aan de hand.'
'Die baby kan me niks schelen, het gaat om mama,' schreeuwt Rosa in de telefoon.
'Mama gaat heus niet dood. Roos, het klinkt onaardig, maar je kunt beter de telefoon neerleggen, want misschien belt Alexander dadelijk vanuit het ziekenhuis. Bel me over een uur terug, goed?'
'Goed,' zegt Rosa en ze drukt op de uitknop. Met haar mouw poetst ze de tranen van haar gezicht.

'Het komt goed, het komt goed. Heel gewoon, al dat bloed, doodnormaal. Rustig nou maar,' mompelt ze tegen zichzelf. Ze plenst wat koud water in haar gezicht en haalt diep en trillerig adem.
Als ze zich omdraait, staat Thomas in de deuropening. Rosa staart hem met open mond aan. Alweer! Uit het niets verschenen!
'De voordeur stond open en ik zag de ambulance wegrijden.'
Hij loopt op haar af en pakt haar bij haar schouders. 'Hé, zeg eens wat. Wat is er gebeurd?'
Rosa kijkt hem met rode, opgezwollen ogen aan. 'Ze hebben mijn moeder net naar het ziekenhuis gebracht.'
Thomas duwt haar zachtjes naar de woonkamer en drukt haar neer op de bank.
'Ze krijgt een baby, hè? Dat is toch leuk?' Hij strijkt haar natte, plakkerige haar uit haar gezicht.
Rosa rilt. 'Het... het is nog te vroeg. Er was heel veel bloed...'
'Dat is er altijd bij baby's,' zegt Thomas droog. Hij ploft ook neer en kijkt rustig de kamer rond. 'Jullie hebben hetzelfde huis als wij, alleen anders ingericht. Bij ons is alles saai en ouderwets. Best cool, al die kleurtjes hier.'
Hij loopt naar een kastje waar flessen drank op staan. Keurend houdt hij de flessen omhoog. Uit een ervan schenkt hij wat in een glas. Hij gaat naast Rosa zitten en houdt het drankje onder haar neus. 'Neem maar een slokje cognac. Voor de schrik.'
Rosa moet niezen van de scherpe geur die uit het glas opstijgt. Ze moet even denken aan de rode roos uit haar fantasie van daarstraks.
Ze schudt haar hoofd. 'Lust ik niet, ik drink geen alcohol.'
'Nou, ik wel,' zegt Thomas. 'Wat een keurig meisje ben je toch!'
Hij zet het glas aan zijn lippen en giet de inhoud in één keer naar binnen. Rosa kijkt hem met grote ogen aan. Dan is ze zich er opeens van bewust dat ze haar veel te kleine, oude roze nachtpon aanheeft. Ze trekt haar benen onder zich op en drukt een kussen beschermend tegen haar borst. Ze ziet dat hij naar haar blote benen kijkt. Plotseling voelt ze zich heel onzeker en ongemakkelijk.
'Was je onze afspraak van de week vergeten?' vraagt ze met schorre stem.

'Onze afspraak? O, ja!' Thomas slaat zich met vlakke hand tegen het hoofd. 'Inderdaad, helemaal vergeten. Sorry, hoor!' Hij steekt een sigaret op en blaast kringetjes met de rook. 'Ik moest overwerken en een vriend van me kwam buurten en toen was het opeens laat.'

Rosa haalt haar schouders op. 'Niet erg, hoor.'

Wel erg, wat een flauwe smoes! Had dan even gebeld, zegt een stem in haar hoofd. Een andere stem zegt: Oh, wat is hij knap en stoer... maar jijzelf ziet er in die oude, versleten nachtjapon totaal belachelijk uit!

Rosa schaamt zich dood. Ze wil niet dat hij haar zo ziet!

'Ga maar naar huis, hoor, je zult wel moe zijn,' zegt ze. 'Het gaat prima nu. Dank je wel dat je even bent komen kijken. Ik wacht hier gewoon tot de telefoon gaat.'

Thomas staat op en rekt zich uit. Rosa kijkt omhoog naar zijn bruine gespierde armen, waar zachte blonde haartjes op groeien. Zou hij aan gewichtheffen doen?

Thomas neemt nog een glas cognac en drinkt dat weer in een teug leeg. Hij knipoogt naar haar. 'Nou, sterkte ermee, babe. Ik zie je!'

En weg is hij.

Rosa's hoofd voelt aan alsof er dikke plukken watten in zitten. Wat een idiote avond. Alles gaat zo snel. Hoe zou het nou met mama gaan? Thomas heeft haar over haar hoofd geaaid. Maar het ging nogal anders dan ze zich had voorgesteld. Ze rolt zich op en legt haar hoofd op de zijleuning van de bank. Met de telefoon naast zich doet ze uitgeput haar ogen dicht.

Aan: Esther <esther@xs42.nl>
Van: Rosa van Dijk <rosa_vandijk@hotmail.com>
Verzonden: 27 augustus 15.49
Onderwerp: Appie

Hoi Esther,

Wat een nacht! Ik ben me helemaal suf geschrokken. Mijn moeder is gisteren met een gillende ambulance, nee, een gillende sirene in een ambulance naar het ziekenhuis gebracht. Ik dacht echt dat ze doodging, ze lag in een bloedplas zo groot als het IJsselmeer. Ik heb de hele nacht niet geslapen, want ik werd elk uur wakker gebeld door papa, die heel ongerust was. Ik was helemaal alleen thuis. Thomas is even komen kijken en hij was hartstikke aardig. Gelukkig is alles redelijk goed afgelopen. Vanmorgen om vier uur is de baby geboren. Het was bijna helemaal verkeerd gegaan, joh! De placenta of hoe dat ding ook heet, was losgegaan en daarom was er zoveel bloed. De baby is uiteindelijk met een keizersnee geboren. Je weet wel, zo'n snee van onder je kin tot aan je tenen. Nee hoor, grapje. Dat zeg ik om je bang te maken. Alexander belde me om zeven uur vanmorgen op, net toen ik op de bank in slaap gevallen was.
Het is een jongen!!! Haha, ik zei het toch. Dat wordt weer schilderen en alle babykleertjes ruilen. Hij heet Abel. Wie noemt zijn kind nou Abel? Dat vind ik geen naam. Ze konden zeker zo snel niks bedenken, omdat ze dachten dat het een meisje werd. Ik noem hem gewoon Appie, dat vind ik geinig. Appie ligt nu in de couveuse en mag er voorlopig nog niet uit. En mama heb ik nog niet eens gezien, want die is nog helemaal suf van de narcose, zegt Alexander. Ik mag er morgen pas naartoe. Nu heb ik een halfbroer. Ik voel er niks van. Helemaal niet (half)zusserig, of zo. Het voelt alleen maar rot omdat ik het zo zielig voor mijn moeder vind. Het is vier uur 's middags en ik val om van de slaap. Ik moet vanavond zelf voor mijn eten zorgen, want Alexander moet werken en naar het ziekenhuis. Ik heb vijf euro gekregen voor de friettent.

Doeideknoei!
Rosa (halfzus van Appie)

Aan: Jonas de Leeuw <jdl@xs22.nl>
Van: Rosa van Dijk <rosa_vandijk@hotmail.com>
Verzonden: 27 augustus 16.19
Onderwerp: Appie Garnaal

Ha Joon de Sperzieboon,

De baby is geboren. Hij heet Appie Garnaal en nu ga ik slapen want ik ben er doodmoe van.

Groetjes van Roos Abrikoos

'Ja, een garnaal, ik dacht het al,' zegt Rosa. Met opgetrokken neus staat ze voor het glas van de couveuse en ze tuurt naar binnen. De baby is minuscuul klein, roze en rimpelig, en heeft een luier aan die zowat groter is dan hijzelf. Op zijn borst zit een draadje met een plakkertje vastgemaakt en in zijn mini-kabouterneusje zit een slangetje. Zielig.
'Wat zeg je nou? Een garnaal? Het is een prachtkind!' zegt Alexander boos. 'Denk erom dat je dadelijk niet zoiets onaardigs tegen je moeder zegt!'
Rosa draait zich om en loopt de kamer uit.
'Nee, ik zal zeggen dat het een knap stuk is, net als zijn vader, goed?'
Alexander is met een paar grote passen bij haar en grijpt haar bij de arm.
'Rosa! Wat mankeert jou toch de laatste tijd? Je bent onuitstaanbaar.'
'Ja, dat komt omdat jij dat ook bent.' Rosa trekt zich los en loopt door.
Even lijkt het of Alexander zich niet kan beheersen. Gelukkig komt er net een zuster langs, die naar Rosa lacht. 'Ben je naar je broertje wezen kijken?' vraagt ze vriendelijk. 'Wat een scheetje, hè?'
Rosa knikt en loopt gauw door. Pfoei, dat was misschien een beetje té brutaal. Maar ze kan er niks aan doen dat ze dit soort dingen eruit flapt. Ze is zo kwaad op Alexander. Kwaad omdat

mama zoveel pijn heeft gehad, kwaad omdat ze haar vrienden en haar vertrouwde omgeving kwijt is. En ook kwaad omdat haar moeder zoveel aandacht voor hem heeft en veel minder tijd voor haar.
'Je loopt verkeerd, je moet hier naar boven, hoor,' hoort ze Alexander achter zich roepen.

In de lift kijkt Rosa demonstratief de andere kant op. Alexander staat met een gespannen gezicht op zijn nagels te bijten.
Rosa vindt het eng om haar moeder te zien. Zou ze helemaal leeggebloed zijn, of heel ziek en met haar buik helemaal in het verband?

Knal!

'Hoi mam!'
Haar moeder opent haar ogen. Er zitten blauwe kringen onder en ze ziet er moe uit. Verlegen gaat Rosa op een stoel naast het bed zitten.
'Ik heb wat voor je meegebracht.' Ze legt de doos op het bed. Mama's lievelingschocola, gekocht van het frietengeld van gisteren. Zelf heeft ze oud brood gegeten. Ze is heus geen monster van een dochter.
Rosa's moeder glimlacht en steekt haar armen naar haar uit. 'Kom, je mag me wel een kus geven, ik ben niet van porselein.'
Voorzichtig geeft ze haar moeder een zoen op haar wang.
'Deed het erge pijn, mam?' vraagt ze ongerust.
'In het begin wel, en toen was ik ook heel bang, hoor. Maar in het ziekenhuis hebben ze goed voor me gezorgd. Ik kreeg een prik en ik was in dromenland. En toen ik wakker werd, was Abeltje er!'
'Ik wil later nooit kinderen!' zegt Rosa fel.
'Ach schatje, als de baby eenmaal geboren is, is alle pijn zo weer vergeten en ben je alleen nog maar blij met je kindje.' Haar moeders ogen stralen, maar Rosa ziet dat ze koortsblosjes op haar wangen heeft.
'Heb je hem al gezien?'
Rosa knikt. 'Het is net een...'

Alexander, die zwijgend achter haar staat, geeft haar een waarschuwende duw.
'...engeltje,' zegt Rosa. 'Een roze engeltje uit de zee.'
'Uit de zee?' vraagt mama verbaasd.
Rosa voelt weer een por in haar rug.
'Ja,' zegt ze met een onschuldig gezicht. 'Hij zat toch in water, in jouw buik?'
Rosa's moeder glimlacht en sluit haar ogen.
'Kom,' zegt Alexander. 'Je moeder moet rusten.'

Als Rosa in haar eentje in de bus naar huis zit, moet ze huilen. Ze probeert haar gezicht te verbergen achter haar haren, zodat niemand het ziet. Ze heeft zich nog nooit zo alleen gevoeld. Mama heeft Alexander en Appie Garnaal, papa heeft Annemarie en zij – zij heeft niemand. Ja, Jonas en Esther en Sascha, maar die zijn ver weg. En Thomas. Misschien. Maar misschien ook niet.

Aan:	Rosa van Dijk <rosa_vandijk@hotmail.com>
Van:	Jonas de Leeuw <jdl@xs22.nl>
Verzonden:	28 augustus 19.07
Onderwerp:	Hoera! Een broertje!!

Ha die zus van Appie!

Appie-Appelflappie. Appie-centenbakkie. Appie-broek-met-kakkie. Ik vind het wel een leuke naam, hoor! Hartelijk gefeliciteerd met je broertje! Gaaf toch? Het klonk alsof je hem zelf gekregen had! Ben je alweer een beetje bijgekomen?
Nog bedankt voor je survivaltips, maar niet heus! Ze hebben tot rampen geleid!! Ik zal je vertellen wat er gebeurd is.
Ik had aan Aisha gevraagd of ze mee de stad in ging, naar de ijssalon. Dat wilde ze wel, maar haar drie vriendinnen moesten ook mee. Nou ja, dacht ik, dat is beter dan niks. Omdat ik jouw versiertips nog niet uit mijn hoofd kende, had ik ze op een briefje geschreven en meegenomen.
In de ijssalon bood ik aan om te trakteren. Ze nam een super-mega-groot ijsje, met vijf bolletjes en slagroom, en haar vriendinnen ook.

Ik kon het niet maken om alleen die van Aisha te betalen, dat zou te veel opvallen, dus moest ik ze alle vier betalen. Vijftien euro was het samen! Ik deed maar net alsof ik zelf geen trek had, want ik had maar vijftien euro bij me. Al mijn zakgeld van een hele maand op!
We gingen buiten op een bankje zitten om het ijsje op te eten. De dames dan, want ik had dus niks. Het lukte me met veel moeite om me naast Aisha te wurmen, want haar vriendinnen omringden haar alsof ze bodyguards waren. En maar giebelen de hele tijd. Ik voelde me superopgelaten en had de hele tijd een kop als een biet.
Toen vroeg Emmy, dat is Aisha's beste vriendin, of ik een likje van haar ijsje wilde. Giechel, giechel. Ik wilde natuurlijk helemaal geen likje van haar, maar van Aisha! Baal, baal. Ik zei dus maar dat ik dat niet hoefde, omdat ik buikpijn had. Dat was nog waar ook, van de zenuwen.
Nou, daar zat ik dus, naast Aisha, en ik probeerde haar diep in haar ogen te kijken. Maar dat lukte niet, want ze keek alleen maar naar haar ijsje. Ik wist niet meer wat de volgende versiertip was en dus haalde ik heel onopvallend het briefje uit mijn zak.
'Hé Jonas, wat heb je daar? Is het soms een liefdesbrief? Laat eens zien.'
Voordat ik het wist, had Ineke, dat is een andere vriendin van Aisha, het briefje uit mijn handen gerukt en ze las het hardop voor! Ze begonnen allemaal keihard te lachen. Je snapt wel dat ik door de grond zakte van schaamte. Ik sprong overeind, pakte mijn mountainbike en wilde er als een speer vandoor gaan.
Toen gebeurde de volgende ramp. Ik had zoveel haast om weg te komen dat ik niet uitkeek en recht op een stilstaande auto knalde!! Ik ging met een driedubbele salto de lucht in en kwam – fletsj! – boven op de motorkap terecht. Net zoals in de film, met mijn gezicht op de voorruit. Daar zat een oud dametje achter. Ze keek me met wijd opengesperde ogen aan en kreeg zo te zien een hartaanval. Dat kwam omdat er een paar liter bloed uit mijn voorhoofd spoot. Nou, die meiden hielden natuurlijk meteen op met lachen en renden gillend naar mij toe. Ik deed expres nog even of ik bewusteloos was, maar daar trapten ze niet in. Ik ben helaas niet zo goed in toneelspelen.
Ik hoopte natuurlijk dat Aisha in tranen zou uitbarsten en zou roepen van: 'Jonas! Mijn liefste, verlaat me niet! Ga niet dood!',

maar dat deed ze helemaal niet. Ze gaf me een vieze gebruikte tissue om op de snee te drukken.
Mijn mountainbike was totaal aan gort. Hij was nog spiksplinternieuw! De auto was wonder boven wonder onbeschadigd en ik had alleen een bult met een snee op mijn voorhoofd, die niet eens gehecht hoefde te worden. Dat had tenminste nog stoer geleken. Ik smeekte de huisarts of hij er alsjeblieft een stuk of tien hechtingen in wilde doen, maar dat weigerde hij. Ik kreeg alleen maar een pleister.
O Rosa, ik ben nog nooit in mijn leven zo afgegaan. Ik durf niet meer naar school. Mijn eerste stappen op het liefdespad zijn een drama geworden. Ik heb er nu al genoeg van. Het is veel te ingewikkeld, ik blijf voor altijd vrijgezel. Snik, snik, helemaal eenzaam en alleen.

Je ex-super-sufferd
Jonas

P.S. Hoe is het met jouw knapperd? Is het al aan?

Rosa grinnikt als ze de mail van Jonas uit heeft. Wat een verhaal. Maar ook wel zielig.
Ze zou nu eigenlijk tips moeten sturen om hem te helpen. Het is tenslotte ook een beetje haar schuld dat hij zo afgegaan is. Maar eigenlijk weet ze helemaal geen goede raad. Wat moet je in zo'n geval doen? Ze kan natuurlijk wel wat verzinnen.

Aan:	Jonas de Leeuw <jdl@xs22.nl>
Van:	Rosa van Dijk <rosa_vandijk@hotmail.com>
Verzonden:	28 augustus 22.03
Onderwerp:	Blauwtje

Hoi die Jonieblauwebonie,

Wat erg voor je! Gelukkig heb ik in een tijdschrift tips gelezen voor als je een blauwtje hebt gelopen. (Een blauwtje lopen betekent dat je afgewezen wordt en je jezelf voor paal voelt staan.)
Hier komen ze:

Survivaltips voor als je een blauwtje gelopen hebt

1. Doe net alsof er niks gebeurd is. Als iemand er iets over zegt of je ermee plaagt, doe je alsof je geheugenverlies hebt.
2. Bedenk maar dat iedereen wel eens een blauwtje loopt en dat je heus niet de enige bent.
3. De halve wereldbevolking bestaat uit meisjes, dus je hebt nog kansen genoeg.
4. Zeg elke ochtend tegen jezelf als je in de spiegel kijkt: 'Ik ben een superknappe, toffe megabink, en ik ben leuk en geweldig en ... (Aisha in dit geval) heeft hartstikke pech dat ze geen verkering heeft met zo'n fantastisch iemand als ik.
5. Doe net alsof je al verkering hebt met iemand anders, dan wordt ze misschien jaloers.

Nou, ik hoop dat je hier wat aan hebt. Ik vind het heel verstandige tips.
Appie ligt nog in het ziekenhuis en mama ook. Ze mogen pas over twee of drie weken naar huis, als alles goed gaat, want er schijnt iets met Appies longetjes te zijn. Ik ben vanmorgen op bezoek geweest. Appie mocht ik niet zien, niet dat ik daar behoefte aan had, hoor. Alexander is weinig thuis. Gelukkig maar. Ik heb gisteren mijn eigen eten gekookt. Tomatensoep uit blik. Knap van mij, hè? Ik ben een echte keukenprinses.
Ik verveel me alleen dood zo in mijn eentje. Weet jij geen leuke internetsites of zo?

Doeidepoei,
Rosa

P.S. Het is nog niet aan. Helaas speculaas.

Rosa hangt uit het raam en tuurt door de verrekijker. Op het plein spelen een stuk of zeven kinderen. Dit keer zijn er ook grotere bij. Drie jongens van een jaar of vijftien zijn aan het voetballen. Ze laat de kijker van het ene gezicht naar het andere gaan. Poeh, geen een is er zo knap als Thomas.
'Hé, Joost! Schiet die bal eens naar mij!'

Dat is zijn stem! Van schrik laat ze de kijker bijna uit haar handen vallen.
Hij slentert het plein op, zijn handen in zijn zakken, een sigaret in zijn mond.
De kriebels gieren door Rosa's buik. Hij heeft een korte broek aan en een wit T-shirt, en hij loopt op blote voeten. Voor de zekerheid legt ze de kijker weg en verschuilt ze zich achter het gordijn.
'Govert, jij in het doel!' roept Thomas. Een magere jongen gaat gehoorzaam voor een garagedeur staan. Om de beurt beginnen de jongens tegen de ijzeren deur te knallen. Govert laat er heel wat door en het geluid van de harde knallen galmt over het plein. Rosa gluurt bewonderend naar Thomas' gespierde, bruine kuiten. Jee, wat kan hij het goed, het best van allemaal. Dan gaat het tuinpoortje naast de garage open en een oud, kromgebogen mannetje met een kaal hoofd komt naar buiten geschuifeld. Een bal vliegt rakelings langs hem heen.
'Hoe vaak heb ik nou al gezegd dat jullie niet tegen mijn garagedeur aan mogen schieten!' hoort ze het mannetje met overslaande, hoge stem roepen. 'Ik kan niet tegen die herrie en jullie weten dat donders goed!'
'Haha, die Boersma!' roepen de jongens.
Beng! Weer een bal rakelings langs de oude man. Beng! Nog een.
Boersma's gezicht is rood van kwaadheid. 'Verdraaide bengels! Hou ermee op of ik bel de politie!'
'De politie! O, wat ben ik bang! Mama, help! Stoute meneer Boersma wil ons in de gevangenis gooien! Niet doen, meneer Boersma, we zullen het echt nooit meer doen!' roept Thomas met een treiterige stem.
Beng! Nog een bal. Rosa grijpt toch haar kijker weer. Ze kan de gezichten van heel dichtbij zien. Ze ziet dat Boersma wanhopig is. Hij ziet er zielig uit met zijn magere vogelnekje en hij is minstens een kop kleiner dan de jongens. De ogen achter het brilletje zijn waterig en zijn onderlip beeft. Toch balt hij zijn handen tot vuisten en heft ze trillend op.
'Ooo, gaan we slaan, meneer Boersma? Dat mag niet hoor!' roept een andere jongen. Knal! Weer een bal tegen de garagedeur.

Rosa kijkt naar Thomas. Met een sigaret in zijn mond en zijn handen in zijn zij staat hij uitdagend te lachen. Ze krijgt een misselijk gevoel in haar buik. Wat flauw! Dat had ze niet van Thomas gedacht. Zal ze naar beneden rennen en meneer Boersma verdedigen? Ze zullen haar uitlachen. En Thomas... Maar op dat moment draait de oude man zich om en strompelt zijn tuin weer in. Als de tuinpoort achter hem dichtvalt, knalt Thomas er meteen een bal tegenaan.
'Vlegels! Schorem!' hoort ze Boersma roepen. Omdat ze hoog staat, kan Rosa hem nog zien. Hij zit kromgebogen op een bankje in zijn keurige tuintje. Overal om hem heen staan tuinkabouters tussen de bloemen. Beng! Knal! Boersma drukt zijn handen tegen zijn oren en heft nog een keer een machteloze vuist. Dan loopt hij moeizaam naar binnen.

Tongzoen-tips

Rosa ploft neer op haar bed. Buiten klinkt het opgewonden geschreeuw van de jongens.
Misschien moet ze zelf nu ook maar even doen alsof ze geheugenverlies heeft. Thomas doet normaal vast niet van dit soort dingen. Die drie anderen hebben hem natuurlijk opgejut. Ze durft niet meer naar het raam te gaan. Ze zag dat Thomas al een paar keer naar boven keek en ze wil absoluut niet dat hij denkt dat zij hem begluurt.
Rosa loopt de trap af naar de badkamer. Het is akelig stil in huis. In de badkamer is het een enorme rommel, nu mama er niet is. Alexander laat zijn vuile kleren overal slingeren en zijzelf is al niet veel beter.
Rosa bekijkt zich in de spiegel. Zou Thomas haar knap vinden? Ze knippert met haar ogen en spert ze wijd open. Hij noemt haar Blue Eyes. Niemand heeft nog tegen haar gezegd dat ze mooie ogen heeft. Op een kastje liggen mama's make-upspullen. Als ze zich opmaakt, ziet ze er misschien wat ouder uit. En mooier, want ze vindt zichzelf helemaal niet knap, met die gekke wipneus en die grote mond.
Rosa steekt haar haren op in een knot. Nee, tuttig; een wilde paardenstaart, dat is beter.
Ze draait een lippenstift open. Met een bibberige hand stift ze haar lippen knalrood. Wauw, zo ziet ze er heel anders uit. Thomas

zei dat hij haar zo keurig vond. Keurig is tuttig. Ze moet echt wat aan haar uiterlijk veranderen. Nu nog wat paarse oogschaduw en mascara…

Rosa bekijkt tevreden het resultaat en geeft een zoen op de spiegel. Ze barst in lachen uit. Zo lijkt ze wel een filmster of een tv-omroepster. Jammer dat ze niet even uit haar lichaam kan stappen om zichzelf van alle kanten te bekijken. Je ziet jezelf eigenlijk nooit zoals iemand anders je ziet. Van de zijkant of van achteren. Ze ademt op de spiegel en tekent er een hart op met een pijltje erdoor. T zet ze aan de ene kant. R aan de andere.

Dat is het fijne van alleen thuis zijn, er is niemand die je stoort. Rosa ademt in de kom van haar hand en snuift. Zou ze wel fris ruiken? Dat moet, want stel je voor dat Thomas haar zou zoenen. Bij die gedachte krijgt ze alweer trilknieën en vlinders in haar buik.

Zoenen, hoe moet dat eigenlijk? Ze heeft geen flauw idee. Op tv zie je wel eens mensen zoenen, maar wat gebeurt er binnen in die monden? Ze wilde dat ze met Sas erover kon praten, die heeft al zoveel ervaring.

Ha, maar nu kan ze wel ongestoord bellen. Ze rent naar haar moeders kamer en stopt verschrikt voor het bed. Gelukkig, Alexander heeft het verschoond. Er is niks meer te zien. Ze ploft neer en toetst Sascha's nummer.

Rosa is verbaasd als na twee keer overgaan de telefoon al wordt opgenomen.

'Hé Sas!' roept Rosa. 'Eindelijk heb ik je te pakken, joh! Waar zat je al die tijd? Esther en ik waren hartstikke ongerust.'

'Hé die Roos! Nog gefeliciflapstaart met je broertje! Ik hoorde het van Esther. Vind je het leuk?'

'Nee, niks aan. Het is een roze, rimpelige garnaal en hij is nog niet thuis. Mama en hij liggen in het ziekenhuis. Alexander is er ook niet. Kunnen we lekker lang bellen. Waar zat je nou?'

'Gewoon, bij Theo.'

'Hoezo gewoon? Mocht dat van je moeder?'

'Zit weer in de afkickkliniek, voor twee weken.'

'Shit, zeg. Ik dacht dat het zo goed met haar ging?'

'Nu even niet dus. Maar het is heel gaaf bij Theo, hoor!'

'Moet je niet naar school dan?'

'Ik was ziek.'
'Haha, schoolziek zul je bedoelen. Sas, luister eens, ik heb je advies nodig.'
'Wat dan?'
'Je moet me uitleggen hoe ik moet zoenen.'
'Ha! Roos, ben je verliefd?'
'Nou, uuuhm, ja, best wel. Eigenlijk heel erg. Hij heet Thomas en woont bij ons op het plein. O Sas, het is zo'n stuk, joh! Groot en knap, met spikes in zijn haar en hij is hartstikke bruin en hij lacht zo gaaf!'
'Wauw, klinkt als een lekkere hunk, zeg! Is hij ook op jou?'
Rosa giechelt zenuwachtig. 'Nee joh, weet ik veel? Hij weet niet eens dat ik op hem ben!'
'Dan moet je het hem vertellen.'
'Gek! Dat durf ik niet. Maar Sas... luister eens. Als we nou gaan zoenen... Als... natuurlijk, dan weet ik niet hoe het moet. Kun jij het me niet uitleggen? Toe, plies, asjeblieft?'
'Ha! Door de telefoon zeker! Zal ik mijn tong even in de hoorn steken?'
'Nee! Even serieus! Geen flauwekul, Sas!'
'Hihi, die Roos. Dit is lachen. Nou luister, tante Sascha zal het je uitleggen...'

Als Rosa weer op haar kamer is, rent ze naar haar computer. Ze moet Sascha's tips gauw opschrijven, anders vergeet ze ze. En dan kan ze ze meteen aan Jonas mailen, dan weet hij het ook.

Tongzoenen in tien stappen

1. Hou je hoofd een beetje scheef, zodat je geen neusbotsing krijgt.
2. Doe je ogen dicht.
3. Druk je lippen zachtjes op die van de ander.
4. Doe je mond een beetje open en laat je tong in zijn mond glijden.
5. Laat je tong rondjes draaien om zijn tong.
6. Trek je tong terug.
7. Doe je mond weer dicht.
8. Trek je hoofd terug.
9. Doe je ogen weer open.
10. Glimlach en begin opnieuw (als je het tenminste fijn vond).

Rosa schatert van het lachen terwijl ze zit te tikken. Jasses, wat idioot! En dat moet nou lekker zijn? Ze kan het zich niet voorstellen. Het idee alleen al om met je tong in iemand anders' mond rond te friemelen! Wie zou dat nou ooit verzonnen hebben? Maar Sas had nog meer tips.

Nog meer tips voor de perfecte tongzoen

1. *Zorg dat jullie tanden niet tegen elkaar aan knallen. Doe het rustig en zachtjes, anders moet je naar de tandarts.*
2. *Druk je mond niet te hard op de zijne.*
3. *Maak je lippen zacht.*
4. *Probeer niet te kwijlen.*
5. *Probeer niet te stikken (door je neus ademhalen).*
6. *Steek je tong niet te diep in iemands mond, maar ook niet te ondiep.*
7. *Niet als een propeller rondjes draaien.*
8. *Zorg dat je een frisse adem hebt.*
9. *Spuug je kauwgum van tevoren uit.*
10. *Streel ondertussen het haar of het gezicht van de persoon met wie je kust.*

Rosa giechelt. Wat een gedoe. En als je nou verkouden bent en je neus is verstopt? En hoe lang duurt een zoen eigenlijk? Dat heeft Sas er niet bij verteld.
Rosa pakt haar discman en zet een romantische cd op. Ze doet de oortelefoons in en pakt haar beer. Ze sluit haar ogen en drukt zijn kopje tegen haar wang.
'Liefste Blue Eyes,' zegt ze met een zware stem. 'O, ik ben zo gek op je. Je bent zo mooi en lief, mag ik je zoenen?'
'Ja, o, ja lieve Thomas, ik vind jou ook heel lief... O, kus me maar...'
Ze drukt de snoet van de beer tegen haar mond aan en steekt haar tong uit. Getverderrie, allemaal haren.
Op dat moment gaat de deur van haar kamer open.
'Rosa! Weer die koptelefoon! Ik heb beneden naar je staan roepen!'
Rosa trekt gauw de oortelefoons uit en verstopt met een knalrood gezicht de beer achter haar rug.
'In innige omhelzing met je knuffel, zie ik! Wat is er met je gebeurd?'

Rosa grijpt naar haar gezicht. O jee, ze is nog opgemaakt.
Alexander gaat er niet verder op in. Hij ziet er gespannen uit en heeft zich zo te zien al minstens drie dagen niet meer geschoren.
'Roos, het gaat niet goed met Abeltje. Ik ben even teruggekomen uit het ziekenhuis om je dat te vertellen. Zijn longetjes zijn niet in orde en hij heeft veel moeite met ademhalen.'
'Gaat hij dood?' vraagt Rosa. Ik hoop het maar, dan wordt alles misschien weer zoals het vroeger was, zegt een boos stemmetje in haar achterhoofd. Ze schrikt van zichzelf en heeft meteen spijt van die gedachte als ze ziet dat Alexander tranen in zijn ogen heeft.
Alexander gaat op haar bed zitten en verbergt zijn gezicht in zijn handen. 'Ik weet het niet, ik hoop het niet…'
Rosa ziet dat zijn schouders schokken. Help! Nou begint hij echt te huilen.
'Het is zo'n klein, dapper kereltje,' snikt hij. 'En hij moet zo hard knokken om...'
Hij maakt zijn zin niet af. Rosa's hand zweeft aarzelend boven zijn schouder. Ze klopt onhandig op zijn rug. Wat een tut is ze eigenlijk. De baby gaat misschien dood en zij is alleen maar met zichzelf bezig. Rosa begint ook bijna te huilen.
'Kan ik iets voor je doen?' vraagt ze met een klein stemmetje.
Alexander haalt zijn neus op en wrijft zijn tranen weg.
'Het enige dat je kunt doen is hopen dat alles goed komt, Rosa. En een beetje vriendelijker tegen me zijn. Het is een moeilijke tijd en het is voor mij ook allemaal nieuw. Weet je, ik ben voor het eerst vader, van een baby en een tiener tegelijk. Ik ben misschien strenger dan je gewend bent, maar ik doe heus mijn best. Laten we samen proberen er iets van te maken.'
Rosa knikt. Ze begrijpt Alexander best. En ze is inderdaad niet makkelijk. Ze neemt zichzelf voor beter haar best te doen.
'Hoe gaat het met mama?'
'Naar omstandigheden wel goed, maar ze maakt zich natuurlijk ook vreselijke zorgen en dat is nu niet zo goed voor haar. Ik moest je nog een dikke kus geven.'
Alexander kijkt op zijn horloge en springt overeind. 'Roos, het spijt me, maar ik moet nu weer naar het ziekenhuis. Ik wil zoveel mogelijk bij Abeltje en Heleen zijn. Vannacht slaap ik daar. Vind

je het erg om alleen thuis te blijven? Wij kennen hier ook nog weinig mensen en ik zou niet weten waar je naartoe zou kunnen...'
'Ik ben al veertien, hoor. Ik kan heus wel voor mezelf zorgen. En ik zal ook het huis opruimen, goed?'
Alexander pakt haar bij de schouders en geeft haar een zoen. 'Die is van je moeder en deze… is van mij. Je bent een toffe meid, Roos. Kom je op het bezoekuur?'
Rosa knikt blozend. Alexander pakt zijn portefeuille en haalt er een briefje van vijftig uit.
'Hier, ik heb niet kleiner. Wil je wat boodschappen doen, Roos? Er is bijna niks meer in huis. Koop maar wat lekkers voor jezelf. Ik zie je vanavond.'
Rosa zakt neer op haar bed. Ze pakt haar beer en klemt hem tegen zich aan. Ze aait hem over zijn hoofd. Zijn snoet zit helemaal onder de lippenstift. Van nu af aan zal ze een lieve, makkelijke, behulpzame dochter zijn.

Aan: Rosa van Dijk <rosa_vandijk@hotmail.com>
Van: Esther Jacobs <esther@xs42.nl>
Verzonden: 29 augustus 08.37
Onderwerp: Hoera! Een Abeltje!

Hoi die Rosiebollebosie,

Gefeliciteerd met je kleine broertje! Ik ben zo blij voor je. Heb je al een cadeautje voor hem gekocht? Het lijkt me zo schattig, zo'n mini-mensje. En Abeltje vind ik een kei-leuke naam!
Zijn ze inmiddels al thuis?
Met mij gaat het goed. Ik had een negen voor wiskunde en een acht en half voor Latijn.
De vioollessen gaan hartstikke goed. Mira is geweldig. Zij is mijn nieuwe lerares, ze is echt duizendmaal leuker dan die oude tang die ik eerst had. Ze is nog heel jong, en heel knap ook, met blond haar tot op haar billen!
Sas is weer op school. Haar haar is nu oranje en ze heeft alweer een piercing erbij. Door haar wenkbrauw deze keer. Ze logeert bij Theo, want haar moeder is weer opgenomen. Rot voor haar, maar ze doet net alsof het haar niks kan schelen. Die Theo haalt haar elke dag op van school, maar ze spijbelt ook heel veel. Ze heeft al een paar waarschuwingen van de conrector gehad. Ze zien, denk ik, wel wat door de vingers bij haar, omdat ze weten dat ze thuis moeilijkheden heeft. Ik vind die Theo niet aardig. Hij is veel te oud voor Sas en superjaloers. Een keer werd hij loeikwaad toen Sascha met een andere jongen het schoolplein afliep. Hij schold haar hartstikke grof uit.
Lidwien heeft verkering met Ido!!! Ze sturen elkaar de hele tijd briefjes. Ze praat over niks anders meer. Saaaai!
Nou, ik stop ermee, want ik moet nog Frans doen. Hoe gaat het bij jou op school? Heb je al nieuwe vriendinnen gevonden? En hoe is het met de Liefde? Heb je je eerste zoen overleefd?

Tadeliedeloe!
Esther

Aan: Rosa van Dijk <rosa_vandijk@hotmail.com>
Van: Jonas de Leeuw <jdl@xs22.nl>
Verzonden: 29 augustus 14.20
Onderwerp: Anti-versiertips

Ha die Roos,

Bedankt voor je tongzoentips, maar ik ben de 'Wat te doen als je een blauwtje gelopen hebt' tips nog aan het verwerken.
Weet je wat er gebeurd is? Emmy denkt dat ik op haar ben. Ik vind haar niet eens leuk en ik heb ook geen versiertips op haar uitgevoerd! Ik vind haar nogal opdringerig zelfs.
Ik zal voor jou eens een lijstje maken met Anti-Versiertips. Dus dingen die een meisje *niet* moet doen als ze iemand wil versieren.

Anti-Versiertips

1. *Loop niet opvallend achter iemand aan. (Ik kom Emmy overal tegen; in de fietsenstalling, in de kantine, gisteren zelfs op de wc!)*
2. *Niet de hele tijd giechelen als je op iemand bent.*
3. *Gooi niet per ongeluk je boeken voor iemands voeten neer, zodat diegene ze moet oprapen. (Heeft ze zeker in een film gezien.)*
4. *Stel je niet aan, maar wees gewoon jezelf.*
5. *Spuit niet te veel parfum op, want daar vallen jongens flauw van. (En de rest van de klas ook.)*
6. *Trakteer niet te veel, dat wordt ook vervelend. (Emmy wil mij elke pauze trakteren op een gevulde koek of iets dergelijks.)*
7. *Als je verkering vraagt, doe het dan onopvallend.*
8. *Stuur vooral geen briefjes door de klas!*

Emmy stuurde me gisteren in de klas een briefje en dat werd onderschept door Willem, die het hardop voorlas. Er stond op: Jonas, je bent een superstuk! Wil je verkering met me? xxxxx Emmy.
Ik schaamde me te pletter, dat snap je wel. De hele klas lachen. Maarrrr… het had één voordeel. Aisha hoorde het ook. En toen moest ik natuurlijk meteen denken aan jouw survivaltip nummer 5 bij een blauwtje: Doe net alsof je op iemand anders bent, dan wordt degene op wie je bent misschien wel jaloers.

Ik heb Emmy gisteren toen ik thuiskwam een meeltje gestuurd waarin ik ja zei. Dat vond ik wat moderner dan een gewoon papiertje. Ik kreeg meteen een idiote meel terug. Met allemaal hartjes en zo. En in de loop van de avond kwamen er nog een stuk of twintig. De laatste kwam om half een! Die meid is echt helemaal gek. Op mij, vrees ik.
Ik ben helemaal niet op haar, maar ik doe net alsof. Ik zag vanmorgen al wel dat Emmy niet meer bij het groepje van Aisha stond! Wie weet helpt deze truc. Ik hoop alleen niet dat ze met me wil zoenen, of iets anders klefs. Jakkes, brrr, ik moet er niet aan denken.
Weet je, Roos, ik vind het hartstikke fijn dat, ook al ben ik je ex, je nog steeds mijn beste vriendin bent en ik jouw beste vriend. En dat we elkaar alles kunnen zeggen en vragen. Ik vind jou de leukste, hoor!

Toedeloei!
Jonas

P.S. Nog nieuws op Thomas-gebied?
P.P.S. Mag ik Esthers adres? Dan kan ik haar ook eens een melige meel sturen.
P.P.P.S. Als je je verveelt, kun je eens proberen te chatten, dat is best gaaf. Ik stuur je hierbij een paar adressen van chatboxen waar ik ook wel eens chat.

Bloem ontmoet een Sprookjesprins

Het is woensdagmiddag en Rosa's huiswerk is af. Ze verveelt zich.
Het plein voor haar huis wordt bevolkt door ukkies en Thomas is nergens te zien. Ze durfde niet langs de snackbar te gaan vandaag. Op school was het weer vreselijk, ze heeft de hele tijd het gevoel dat ze in de klas over haar kletsen. Er zijn een of twee meisjes die haar wel aardig lijken, maar ze is te verlegen en te onzeker om met ze te gaan praten. Dus steekt ze haar neus in de lucht, en net als Sas doet ze alsof het haar geen bal kan schelen. In de pauzes gaat ze van het schoolplein af. In de buurt van de school is een snoepwinkeltje en tegenwoordig is ze verslaafd aan chips en aan drop. Ze loopt door de straat achter de school tot ze de bel hoort en rent dan gauw terug.
Gisterenavond is ze op bezoek geweest in het ziekenhuis, maar niemand had tijd of aandacht voor haar. Haar moeder en Alexander zaten bij de couveuse en de hele tijd liepen er verpleegsters en dokters binnen. Ze durfde bijna niet naar Appie te kijken, zo zielig zag hij eruit met al die slangetjes. Na tien minu-

ten was ze alweer weg. Wat voor een cadeautje moet je nou voor iemand kopen als je niet eens weet of hij blijft leven?
Rosa zucht. Ze is misselijk. In plaats van normaal eten heeft ze snoep van Alexanders geld gekocht. Een zak paprikachips, twee zakken drop, pinda's en een paar repen chocola. Er is nog een heleboel geld over.
Misschien is chatten wel een goed idee, hoewel ze het nog nooit heeft gedaan. Ondanks haar misselijkheid steekt Rosa nog een paar dropjes in haar mond.
Ze zet de computer aan en drukt op de internetknop. Ze moet eerst haar naam, of een bijnaam, invullen. Een bijnaam maar, dat is veiliger. Hoe zal ze zichzelf noemen? Bloem, dat is een goeie, dat is haar naam, maar dan anders. Wachtwoord… tulp.
Rosa leest de waarschuwingen die op de welkomstpagina staan:

- Geef nooit je adres, telefoonnummer of e-mailadres.
- Spreek nooit met iemand af op een plek waar geen andere mensen zijn.
- Als je met iemand afspreekt, neem dan altijd een ouder iemand mee.
- Praat er met je ouders over als je rare teksten krijgt.
- Gebruik zelf geen schuttingtaal.
- Maak geen racistische opmerkingen.

Rosa gaat rechtop zitten. Ze wordt ineens erg nieuwsgierig. Het klinkt een beetje gevaarlijk, spannend!
Als ze haar bijnaam en wachtwoord heeft ingevoerd, komt er een andere pagina. Je kunt kiezen uit allemaal kamers en daarin zijn mensen aan het kletsen. Wat gek! Alsof het kamers zijn waarin spoken zitten. Je kunt ermee praten, of beter gezegd schrijven, maar je kunt ze niet zien.
Er is een sportzaal, een ijssalon, een park, een voetbalveld, een manege, een strand, een bibliotheek en nog veel meer. Rosa besluit om naar de bibliotheek te gaan, want ze houdt van lezen. Vol verbazing kijkt ze hoe de zinnen over het scherm rollen. Wat een rare bijnamen en wat een rare teksten!

Babybeer: Hoi, wie wil er met mij chatten?
Wolfje: Drie dagen.
Wipneus: Nee, nog nooit.
Knapperd: Wie wil er verkering met mij?
Wipneus: Ik.
Bert: Ik niet.
Babybeer: Druk dan op privé.
Popeye: Wie wil mijn spierballen zien?
Jaap: Ik heb een hele grote.
Pipi: Een grote wat?
Wipneus: Wie wil privé?
Babybeer verlaat de bibliotheek.
Knapperd: Ik ben nog vrij!
Jaap: Een grote banaan.
Wipneus: Ik hou meer van appels.
Wipneus: Jaap, ben jij een meisje of een jongen?
Jaap: Een jongen, snuggere. Hij is wel 22 cm.
Bert: En bij mij hangt-ie uit mijn broekspijp, haha.
Popeye: Olijfje, ben je daar?
Wipneus: Hoe oud ben jij, Popeye?
Pipi: De mijne kan kunstjes.
Katinka: Wie wil er privé met een meisje van 15?
Bert: Hoe zie je eruit?
Katinka: Slank, blond, blauwe ogen. Stuk.
Popeye: Ik.
Pipi: Stuk appeltaart? Of kwark?
Bert: Ik.
Pipi: Ik!
Popeye: Pipi, ben jij wel een meisje?
Popeye: O, Katinka, trouw met mij!

Rosa proest het uit van het lachen. Wat een onzin is dit! Iedereen kletst door elkaar heen. Hoe kun je nou weten of die mensen echt zijn wie ze zeggen dat ze zijn? Misschien is die Katinka wel een dikke, oude mevrouw van 65 en Pipi een ondeugend jongetje van zeven. En het gaat de hele tijd over seks. Wat een flauwekul. Ze weet eigenlijk niet of ze wel wil meedoen.
Een paar minuten lang kijkt ze naar de teksten die in razend

tempo over het beeld rollen. Links ziet ze de naam van alle mensen die in de bibliotheek zijn. Verder staan er drie knoppen onder in haar scherm: **Privé, Negeren** en **Anderen negeren.** Waar zouden die voor zijn?
Plotseling valt haar blik op iemand die nieuw de chatbox is binnengekomen.

Sprookjesprins: Hallo, hier is de prins op het witte paard.
Ik ben op zoek naar Doornroosje.

Rosa besluit snel te antwoorden, voordat iemand haar voor is.

Bloem: Die is er niet, maar ik ben er wel.
Pipi: Hé ho, hé ho, je krijgt het niet kado!
Jaap: Dag bloempje, mag ik je plukken?
Popeye: Ik ben de grote boze wolf!
Bloem: Nee seksbom, ga een eind fietsen.
Popeye: Dag bloempje, wil je mijn spierballen zien?
Sprookjesprins: Pas op, want ik hak jullie allemaal in de pan met mijn zwaard. Bloem, zullen we samen chatten? Druk dan op mijn naam, op de lijst van aanwezigen, en op 'privé' en 'anderen negeren'.

Rosa zit te schateren achter de computer. Het lijkt wel of ze besprongen wordt door een hele kudde mieren. Eens kijken. Ze drukt op de twee knoppen en op Sprookjesprins.
Het beeldscherm is nu leeg, het gekwetter is opgehouden.

Bloem: Hallo! Sprookjesprins, ben je daar nog?
Sprookjesprins: Ja, hoor. Wat een gedoe daar. Zo is het veel leuker. Hoe heet jij in het echt?
Bloem: Dalia. Jij?
Sprookjesprins: Jasper. Hoe oud ben jij?
Bloem: 16, en jij?
Sprookjesprins: 18. Waar woon je?

Rosa denkt opeens aan de waarschuwing. Nooit zomaar je echte adres geven.

Bloem: In Leeuwarden.
Sprookjesprins: Ik in Utrecht. Wat zijn jouw hobby's?
Bloem: Lezen en tekenen en naar de film gaan. En ik zat op jazzballet.
Sprookjesprins: De mijne zijn: ook lezen, en schrijven en surfen en ook films.
Bloem: Tof. Wat schrijf je dan?
Sprookjesprins: Gedichten.
Bloem: Leuk! Mag ik er een lezen?
Sprookjesprins: Nee hoor, ik ken je niet eens!
Bloem: Nou, daarom juist! Wat maakt het dan uit?
Sprookjesprins: Misschien, andere keer. Welke klas zit jij?

De regels rollen over het scherm en Rosa vergeet de tijd.
Er wordt op haar deur geklopt. Ze schrikt op. Zou dat Alexander zijn? Ze kijkt op haar horloge. O jee, ze is al meer dan een halfuur bezig. Oei, de telefoonrekening. Het leek net alsof ze even in een andere wereld was. Die sprookjesprins is hartstikke aardig, en grappig ook. Ze vindt het heel spannend. Er wordt nog een keer geklopt, deze keer harder. Niet op de deur, maar op het raam!

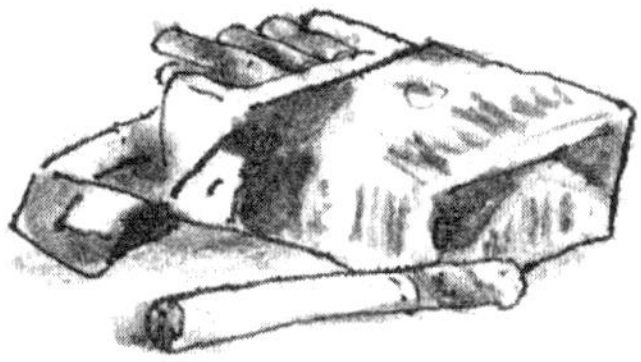

Blue Eyes krijgt bezoek

Rosa springt overeind en verbleekt. Voor het raam hangt, ondersteboven en breed grijnzend, het gezicht van Thomas. Ze kan nog net een gil binnenhouden.
'Hé Blue Eyes, doe eens open!' klinkt het van buiten.
Met trillende handen maakt Rosa het raam open. Een paar seconden later staat hij in haar kamer.
'Zo buurvrouw, ik kwam eens even kijken hoe het met je was. Je ouders zijn toch niet thuis, hè? Ik zag geen auto staan.'
Met zijn handen in zijn zakken loopt hij de kamer rond.
'Nnn - nee, ik ben alleen thuis,' stottert Rosa.
'Leuke kamer heb je. Goh, gave computer.' Thomas bukt zich en kijkt naar het beeldscherm. Gauw springt Rosa voor hem en drukt op de uitknop. Maar Thomas heeft het al gezien.
'Ha! Was je aan het chatten? Dat doen keurige meisjes toch niet?'
Thomas pakt de halfvolle zak chips en ploft neer op haar bed. Boven op haar beer. Rosa durft er niks van te zeggen. Haar hart klopt in haar keel. Wat is hij knap en bruin. En hij is hier, bij haar op haar kamer! Hij vindt haar vast leuk, anders was hij niet gekomen.
'Hoezo ben ik keurig?' vraagt ze blozend.
'Gewoon keurig. Keurig gekleed, keurige ouders, keurige manieren. Ik wed dat je nog nooit een vriendje gehad hebt.'
Rosa slikt. 'Jawel, hoor. In Den Bosch.'
'Zal wel.'
'Echt. Wel een stuk of zes,' zegt Rosa stoer.
'Hoe oud ben je dan?'

Rosa schudt haar blonde krullen naar achteren en recht haar schouders. 'Veertien, bijna vijftien. En jij?'
Ze onderdrukt met moeite een giechel. Het lijkt wel het gesprek van daarnet op de chatbox.
'Zeventien.'
Thomas kijkt naar het geld dat op tafel ligt en fluit. 'Zo, rijk ben jij, zeg!'
'Dat is geld om eten te kopen,' antwoordt Rosa. 'Ik moet voor mezelf zorgen. Mama en Appie liggen nog in het ziekenhuis.'
'Wie is Appie?'
'Mijn kleine broertje,' antwoordt Rosa.
Dat is gek. Het is de eerste keer dat ze dat hardop zegt. Mijn broertje. Mijn kleine broertje Appie. Het klinkt eigenlijk wel leuk. Plotseling hoopt ze heel erg dat hij niet doodgaat.
Thomas haalt een pakje sigaretten uit zijn jasje. Eigenlijk wil ze helemaal niet dat hij op haar kamer rookt. Stel je voor dat Alexander het ruikt. En bovendien stinkt het. Maar ook dat durft ze niet te zeggen. Hij vindt haar toch al zo keurig, en ze wil niet keurig zijn. Ze wil een stuk zijn en ze wil dat hij verliefd op haar wordt. Thomas steekt zijn sigaret aan. 'Jij ook een?'
Rosa schudt van nee.
'Hoe is het met hem?' vraagt hij vriendelijk, terwijl hij een schoolboek doorbladert. Zijn sigaret bungelt in zijn mondhoek en Rosa ziet dat hij heel lange, gekrulde wimpers heeft. Ze wilde dat ze ze even kon aanraken. Of er een zoen op kon geven.
'G-goed, hoor,' antwoordt ze gedachteloos. Dan schudt ze haar hoofd. 'Nou nee, eigenlijk helemaal niet zo goed. Hij ligt in de couveuse en hij heeft longontsteking of zoiets.'
'Komt voorlopig nog niet thuis, zeker?'
'Nee.'
Rosa kijkt verlegen om zich heen. Wat moet ze nou zeggen? Zit-ie zomaar op haar kamer. Dan valt haar oog ineens op een onderbroek, die naast haar bed ligt. Ze wordt knalrood. O jee, als hij die nou maar niet gezien heeft. Ze verzamelt al haar moed en ploft naast hem neer op het bed. Met haar voet schuift ze de onderbroek er gauw onder. Thomas kijkt haar breed grijnzend aan en knipoogt.
'Uuuh, een asbak... je hebt een asbak nodig!'

Rosa wijst op de lange askegel aan zijn sigaret. Ze springt overeind en loopt naar de deur.
'Wil je ook iets drinken Cola? Sinas? Appelsap? Uuuh, cognac?'
'Nee gekkie, daar is het nog te vroeg voor. Doe maar een colatje.'
Thomas lacht haar stralend toe. Rosa wordt er helemaal wiebelig van.
Ze rent naar beneden. Hij is hier, hij is hier! Hij is gekomen!

Aan:	Esther <esther@xs42.nl>
Van:	Rosa van Dijk <rosa_vandijk@hotmail.com>
Verzonden:	2 september 21.01
Onderwerp:	yessssssssss!

Hoi Es,

O Esther, ik ben zo opgewonden! Ik moet het je gewoon even melen, ook al is het hartstikke laat. Morgen ga ik met Thomas naar de film! Hij heeft me mee uit gevraagd! Jippieee!
Hij kwam vanmiddag op mijn kamer, over het dak, en hij is wel een uur gebleven. We hebben samen naar de tv gekeken, een hele fles cola leeggedronken en twee zakken chips opgegeten.
Toen hij wegging, vroeg hij het! Ik sprong bijna door het plafond van blijdschap!
We gaan eerst friet eten in de snackbar en dan naar de bioscoop.
Ik hoop maar dat het een heel romantische film is.
Ik moet wel wat aan mijn uiterlijk doen, want hij vindt me een beetje te keurig (tuttig), geloof ik. Zelf is hij heel stoer, met zo'n wijde skatebroek en spikes in zijn haar. Ik hoop maar dat Alexander morgen ook niet thuiskomt, maar dat denk ik niet.
Ik was vanavond op bezoek bij Appie-Abeltje en het was zo zielig, joh. Ik kon er niet tegen. Ondanks dat ik zo blij ben, moest ik ervan huilen. Ik wil echt niet dat hij doodgaat. Mama zou het niet overleven en Alexander ook niet. Vandaag had hij zijn oogjes open en hij keek mij aan. Toen leek het net alsof hij naar me knipoogde. Ik zweer je dat hij dat deed! Ik natuurlijk gillen en meteen kwamen

er twee verpleegsters aangerend, die dachten dat er iets mis was. Ik riep: 'Hij knipoogde! Hij knipoogde naar me!'
Nou, ze keken me aan alsof ik gek was en ik werd meteen van de afdeling afgevoerd. Stomme verpleegsters. Maar Appie is tof. Ik denk dat hij begreep dat ik zijn zus ben. Hij is zo schattig! Ik ga morgen naar de stad om een cadeautje voor hem te kopen.

Doei!
Rosa op een roze wolkje

Aan: Jonas de Leeuw <jdl@xs22.nl>
Van: Rosa van Dijk <rosa_vandijk@hotmail.com>
Verzonden: 2 september 21.32
Onderwerp: Hoe moet het allemaal?

Hoi Joondepoon!

Ik ga morgen met Thomas naar de film!
Ik denk dat ik verkering krijg, maar hij heeft het me nog niet gevraagd.
Help, help, ik ben zo zenuwachtig, joh. De hele dag heb ik buikpijn en van die kriebels in mijn maag.
Ik heb trouwens een groot probleem. Moet je wachten tot de jongen het vraagt of kan een meisje zelf ook verkering vragen? Emmy heeft het bij jou gedaan, maar ik weet niet of ik dat durf. Ik wil niet opdringerig lijken. En stel je voor dat hij niet wil, dan sta je voor paal. Dan moet ik mijn eigen Blauwtje-gelopen-tips gaan opvolgen. O, ik wist niet dat je van verliefd zijn zo zenuwachtig werd.
Ik heb Sas aan de telefoon gevraagd om tips om verkering te vragen. Ik schrijf ze hier voor jou ook op, misschien heb je er wat aan.

Hoe vraag je verkering?

1. *Stuur je uitverkorene een liefdesbrief (per post of in zijn jaszak stoppen).*
2. *Schrijf uit een boek een mooi liefdesgedicht over en zet je eigen naam eronder.*
3. *Stuur een liefdesmeel.*

4. Als diegene een mobieltje heeft, stuur dan een liefdes-SMS.
5. Laat het je vriendin (of vriend) vragen.
6. Vraag het zelf, als niemand erbij is.
7. Doe het per telefoon (dan ziet hij of zij je rode hoofd niet).

Ikzelf vind nummer 5 nog wel het veiligst, want dan kun je geen blunder maken. Maar ja, ik heb nog geen vriendinnen hier. Een meel is ook wel een goed idee, maar Thomas heeft volgens mij geen computer.
Nou, ik ga proberen te slapen. Brrr, ik ben weer alleen thuis. Dat is helemaal niet leuk. Gelukkig heb ik mijn beer nog, die is groot en sterk. Haha.
Vertel me gauw hoe het met Emmy is.

Dag Joniespekenbonie!
Rosa

P.S. Sterkte met Emmy.
P.P.S. Of beter gezegd: Ik wens Emmy sterkte met jou, want ik vind het wel zielig dat je haar voor de gek houdt, hoor.

Dromen en leugens

Als Rosa de volgende morgen wakker wordt, is het de Sprookjesprins aan wie ze het eerst denkt. Ze heeft van hem gedroomd. Ze reden samen door het bos; zij had een mooie lange jurk aan en gek genoeg had het paard van de Sprookjesprins een bril op. Ze kon het gezicht van de prins niet zien, want hij had er een papieren zak overheen, met gaatjes voor de ogen. Toen wilden ze elkaar kussen, maar de zak zat ertussen en ze vielen allebei van hun paard. Daarna werd ze wakker. Wat een gekke droom.
Rosa gaat rechtop zitten. Vandaag is de grote dag. Ze krijgt een steek van zenuwen door haar buik. Vanavond gaat ze met Thomas naar de film. Ze kan haar geluk niet geloven. Dat zo'n knappe jongen, die vast bosjes meisjes kan krijgen, op haar valt! Ze snapt er eigenlijk helemaal niks van. Haar handen zijn klam van de zenuwen. Wat moet ze aan?
Ze springt uit bed en begint kleren uit de kast te rukken. Het is zaterdag en ze hoeft dus niet naar school. Gelukkig maar. Rosa trekt een spijkerbroek en een wit bloesje aan. Nee, te keurig. En de broek krijgt ze nauwelijks meer dicht. Stik, dat was haar lievelingsbroek, met borduursel op de zakken en kraaltjes onder

aan de pijpen. Ze heeft ook wel heel veel gesnoept de laatste tijd.
Na een halfuur heeft ze de hele inhoud van haar klerenkast gepast. Ten slotte besluit ze toch maar de spijkerbroek en een T-shirt aan te trekken.
Ze gaat achter haar bureau zitten en zet de computer aan. Eens kijken of er mail is.
Haar mailbox is leeg. Ze gaat naar de chatbox. Hoe moet ze nou eigenlijk die sprookjesprins terugvinden? Ze zou best nog wel even met hem willen kletsen. Ze loopt alle lijstjes af, maar zijn naam staat nergens bij. Jammer.
Naast haar computer ligt het geld van Alexander. Ze telt het na. Het is nog ongeveer twintig euro. Wat raar, ze dacht dat er meer was. Dan krijgt Rosa een idee. Voordat ze dadelijk naar het ziekenhuis gaat, gaat ze naar de stad om een cadeautje voor Appie te kopen. En misschien wel iets voor zichzelf...

Rosa staat in een groot warenhuis bij de make-up-afdeling. Ze bestudeert zichzelf in een spiegel boven een display met lippenstiften. Wat kan ze doen om er wat cooler uit te zien? Een piercing door haar neus? Brrr, ze moet er niet aan denken. Mama zou haar vermoorden. En hoe moet je in je neus peuteren, met zo'n ding erin? Ze denkt aan Sascha, die is stoer en cool. Maar waarom precies? Al die ringetjes in haar oren, haar haar, dat afwisselend rood, geel of oranje is? Een keer zelfs blauw... Yes, dat is het. Ze gaat haar haren verven, maar met een kleurtje dat uitwasbaar is, zodat mama het niet merkt. Rosa's vinger glijdt langs de verpakkingen. Oranje, rood, zwart... paars! Wauw, paars is flitsend. Het meisje op de voorkant van de verpakking ziet er hartstikke tof uit. Rosa grinnikt. Thomas weet vanavond niet wat hij ziet, hij zal trots op haar zijn. Hij zal haar vast niet keurig meer vinden, maar hartstikke ruig.

'Hé Rosa, wat doe jij hier nou op de baby-afdeling?'
Rosa schrikt op. Ze staat besluiteloos met een paar mini-sokjes in haar ene hand en een slabbetje in haar andere.
Het is Karien, een van de twee meisjes uit haar klas die haar wel aardig leken. Rosa bloost en legt de spullen gauw terug.

'Uuuh, ik kijk gewoon.'
Karien lacht naar haar. Ze heeft een rond gezicht en kleine, donkere krulletjes. In een oor heeft ze twee ringetjes en ze heeft een kort topje aan, zodat je haar bruine buik ziet. Cool, denkt Rosa. Zoiets wil ik ook.
'Wat doe jij hier dan?'
'Ik ben hier met mijn moeder.' Karien wijst naar een donkere vrouw, die verderop met een verkoopster staat te praten. 'Ik heb een klein zusje. Ze heet Zora en ze is anderhalf. Mama heeft een nieuw autostoeltje voor haar nodig.'
Rosa lacht opgelucht. Ze is dus niet de enige.
'Ik heb een pasgeboren broertje,' zegt ze verlegen. 'Ik wil iets voor hem kopen, maar ik weet niet wat.'
'O, wat schattig. Hoe heet hij?'
'Appie... eigenlijk Abeltje.'
'Wat een leuke naam!' Karien trekt haar mee. 'Moet je hier kijken, joh. Die zag ik net liggen, hartstikke geinige slofjes. Misschien is dat wat?'
Rosa bekijkt de slofjes. Ze zijn inderdaad schattig.
'Vind je het eigenlijk leuk bij ons op school?' zegt Karien en ze houdt met een vragend gezicht een paar slofjes met tijgerprint omhoog. Rosa bloost weer.
'Niet zo. Ik mis mijn oude school en mijn vriendinnen.'
'Doe je daarom altijd zo?'
Rosa is meteen op haar hoede.
'Hoe bedoel je?'
'Nou, ik bedoel het niet vervelend, hoor, maar je wilt nooit met iemand praten. Sommige kinderen vinden je verwaand.'
Rosa slikt. Ze draait zich om en loopt weg.
Karien houdt haar tegen. 'Gek, deze zijn veel te groot, die passen mijn zusje niet eens. Deze zijn beter.' Ze pakt Rosa's arm en kijkt haar onderzoekend aan. 'Hé, ik bedoel het niet rot, hoor. Ik zeg niet dat je verwaand bent!'
Rosa trekt zich los. Ze heeft moeite om haar tranen binnen te houden. Zie je wel, ze vinden haar verwaand. Een Kijk-mij-nou-konijn. Vlug loopt ze naar de kassa en laat Karien verbaasd achter.

'Ze zijn schattig, Roos!' Mama bekijkt de slofjes van alle kanten. 'Wat enig! En wat ontzettend leuk dat je een cadeautje voor Abeltje gekocht hebt. Je bent een lieverd.' Ze trekt Rosa naar zich toe en geeft haar een zoen. Haar gezicht vertrekt.
'Gaat het?' vraagt Rosa bezorgd. Haar moeder laat zich voorzichtig weer tegen de kussens zakken. 'De wond doet nog pijn. Maar ik ben vandaag al uit bed geweest. Ik heb zelf gedoucht!'
'Waar is Alexander?'
'Hij zit bij Abeltje. Ga zo ook nog maar even kijken. Hij is stabiel nu, maar het was een erg zware nacht.'
'Gaat hij nou nog dood?' Rosa durft het bijna niet te vragen.
Haar moeder pakt haar hand en knijpt erin. Ze heeft tranen in haar ogen, waar nog steeds blauwe kringen onder zitten. 'De dokter zegt dat hij een goede kans maakt, Roosje. We moeten afwachten.'
Rosa springt op en loopt naar het raam. Ze doet net alsof ze de kaartjes op de bossen bloemen bestudeert.
'Komt Alexander dan vanavond thuis?'
'Vind je het heel vervelend als hij nog een nachtje hier blijft, Roos? Ik vind het erg fijn als hij er is. We moeten gewoon in de buurt zijn voor als het slechter gaat.'
Rosa draait zich opgelucht om. 'Nee, hoor, ik red me best.'
'Wat ben je toch een grote meid. Ik ben trots op je. Eet je wel goed, liefje?' vraagt haar moeder bezorgd. 'En ga je wel op tijd naar bed? Je ziet zo bleek.'
Rosa knikt. 'Jawel, hoor. Ik heb soep gemaakt gisterenavond. En een gebakken ei. En vanavond maak ik sla met vegetarische knakworstjes.'
'Ik vind het heel naar voor je, liefje. Zo in een vreemde stad, zonder familie... Heb je al vriendinnen gemaakt op school?'
'O, ja,' antwoordt Rosa snel. 'Een heleboel. Vanmiddag komt er iemand bij me. Ze heet Karien en ze is hartstikke aardig. Ze blijft ook eten.'
Ze schaamt zich voor haar leugens, maar ze wil niet dat haar moeder zich ongerust over haar maakt. Die heeft al genoeg zorgen om Appie.
Haar moeder kijkt blij. 'Misschien wil ze wel bij je blijven slapen, liefje. Zou dat niet leuk zijn?'

Rosa knikt. 'Heb je... mag ik nog wat geld, mam. Voor eten?'
Ze schaamt zich nu nog meer. Ze heeft in de stad een kei-gaaf topje gezien. O, wat een liegebrok is ze. Maar ja, het is allemaal voor Thomas.

De eerste zoen

Rosa knijpt haar natte haren uit boven de wastafel. Het spoelwater is donkerpaars van kleur. De zenuwen fladderen door haar buik. Hoe zou het staan? Ze vindt het doodeng. Ze wrijft haar haren droog en schrikt als ze in de spiegel kijkt. Jeetje, het is wel heel donker. Ze ziet er totaal anders uit. Goed dat het maar voor tijdelijk is. Ze kijkt op haar horloge. Help, nog een uur en dan komt Thomas haar al halen. Op haar bed ligt haar lievelingsspijkerbroek klaar, samen met het nieuwe topje. Het is roze, met paarse streepjes, en heel kort. Ze is er hartstikke blij mee, maar ze had geen geld meer over om eten te kopen. Nou, ze gaat dadelijk toch naar de snackbar. Hopelijk betaalt Thomas de film, anders heeft ze een probleem. Rosa schudt haar haren uit en zet de muziek keihard. Ze doet een paar danspasjes voor de spiegel. Yes! Hier komt de nieuwe Rosa! Hippe, coole Rosa.
Thomas en Rosa, dat klinkt goed. Ze pakt een flesje nagellak, dat ze van haar moeders kamer heeft gehaald. Donkerpaars, dat past mooi bij haar haar. En ze gaat ook een zwart lijntje om haar ogen maken, zoals Sas altijd heeft.

Een halfuurtje later kijkt Rosa onzeker in de spiegel. Haar haar is toch wel heel erg donker. Paarsblauw, bijna de kleur van een aubergine. Ze herkent zichzelf nauwelijks. Gauw steekt ze haar hoofd onder de kraan. Als ze het haar nog een keer uitspoelt en met de föhn droogt, wordt het hopelijk wat lichter. En haar adem, die moet fris zijn. Voor de derde keer poetst ze haar tanden. Ze heeft gauw nog even de tongzoentips van Sas doorgekeken en repeteert: niet te hard, pas op voor tanden, niet kwijlen... Rosa heeft buikpijn van de zenuwen. Ze doet haar mond wijd open en spuit wat uit een flesje ademfris in haar mond. Getver, wat een goor spul! En die haren! Maar ze kan er nu niks meer aan doen. Even nog wat parfum, en dan is ze klaar.

Aan: Esther Jacobs <esther@xs42.nl>
Van: Rosa van Dijk <rosa_vandijk@hotmail.com>
Verzonden: 3 september 23.51
Onderwerp: Een romantisch avondje uit

Hoi Esther,

Dit was de rampigste avond die je je kunt voorstellen. Ik had me er zo op verheugd! Thomas en ik, hand in hand in de bioscoop, kijkend naar een romantische film. En dan zou Thomas zich naar mij toe buigen en zeggen dat hij me mooi en lief vond en me zoenen... en we zouden praten en lachen over van alles. Nou, hou je vast, want zo ging het in het echt:
Thomas kwam me drie kwartier te laat ophalen, waardoor we geen tijd meer hadden om eerst een frietje te eten in de snackbar. Toen hij me zag, trok hij zijn wenkbrauwen op en begon hij heel hard te lachen. Waarom dan, zul je je afvragen. Nou, ik had mijn haar dus paars gemaakt om wat minder keurig te lijken. (Voor tijdelijk, hoor, het is uitwasbaar.) Ik schaamde me rot. Toen ik vroeg wat er was, zei hij: 'Niks hoor, ik herkende je even niet. Je ziet er totaal anders uit. Vet cool!' Maar ik wist helemaal niet of hij het meende. Toen we door de stad liepen en ik in de etalageruiten keek, dacht ik de hele tijd dat ik het niet was, maar iemand anders. We zeiden helemaal niks tegen elkaar. Dat was ook raar. Met Jonas klets ik altijd over van alles. Maar misschien hoort dat bij verliefd zijn, dat je van de zenuwen niks meer weet te zeggen.
Thomas had uitgekozen waar we heen gingen en het was een vreselijke horrorfilm, met bloed dat uit kelen spoot, ogen die over de

grond stuiterden en veel geschreeuw en gegil. Ik durfde de helft van de tijd niet te kijken en werd er helemaal misselijk van, met mijn lege maag. Thomas vond het prachtig en lachte zich dood. In de pauze kwamen er twee meisjes naar hem toe, die hij blijkbaar kende. Ze waren nogal opgetut, maar wel knap en ze deden best wel slijmerig tegen hem. Hij zag er ook wel erg stukkerig uit, hoor. Ik snap toch al niet waarom hij met mij wil.
Ze stonden te lachen en te kletsen en ik wist eigenlijk niks te zeggen. Ik durfde ook niet goed omdat ik met een zachte g praat. Toen staken ze alle drie een sigaret op en om niet tuttig te lijken heb ik er ook een genomen. (Ik hoor je gillen, Esther.) Ik inhaleerde diep en na twee trekjes werd ik zo vreselijk misselijk dat ik moest overgeven. Ik rende naar de wc en die anderen keihard lachen. O Es, ik schaamde me zo! Maar ik wilde er gewoon graag bij horen en niet een stom watje uit Brabant lijken.
Toen ik eindelijk van de wc afkwam, was de film alweer begonnen. Ik kon Thomas eerst niet vinden en struikelde de hele tijd over benen, zodat iedereen heel geïrriteerd 'Ssssst!' begon te roepen. Toen ik naast hem zat, pakte hij, precies nadat iemand doormidden gespleten was met een bijl, mijn hand. Maar omdat ik had overgegeven (er kwam alleen maar groen, smerig spul uit, omdat ik een lege maag had) wist ik zeker dat ik een vieze adem had, dus ik trok mijn hand snel terug en ging zo ver mogelijk van hem af zitten. Na de film wilde Thomas in een café wat gaan drinken, maar ik voelde me zo beroerd dat ik meteen naar huis wilde. Ik zei dat hij me niet hoefde te brengen. Eigenlijk wilde ik dat wel, want ik weet de weg nog nauwelijks in Groningen, maar ik durfde het niet te zeggen. Ik voelde me zo stom. Dus is hij met die twee meisjes wat gaan drinken. Toen ik thuiskwam, ben ik meteen onder de douche gegaan en heb ik wel een halfuur mijn tanden gepoetst, want ik had zo'n vieze smaak in mijn mond!
Nou, ik ga nu maar slapen, ik heb ook hartstikke koppijn. Ik voel me echt een supersukkel. Ik kan Thomas nu wel vergeten.

Doei,
Rosa Oelewapper

Aan: Jonas de Leeuw <jdl@xs22.nl>
Van: Rosa van Dijk <rosa_vandijk@hotmail.com>
Verzonden: 4 september 00.23
Onderwerp: Wer ar joe?

Hé die Jonie,

Vanavond ben ik naar de film geweest met Thomas. Ik heb nog nooit zo'n gave avond gehad.
Waarom meel je niet terug? Hoe is het met de dames?
Korte meel, heb koppijn.

Toedeloeimoei,
Rosa

Rosa drukt op verzenden. Opeens hoort ze een geluid op het dak. Ze geeft een harde gil en springt overeind. Die enge rotfilm ook, ze is er helemaal schrikachtig van.
'Ho, rustig, ik ben het maar!' Thomas zwiept zijn benen naar binnen en belandt met een plof op de grond. Rosa staart hem verbaasd aan.
'Man, ik schrik me dood! Ik dacht dat er een inbreker was, met een bijl en een elektrische heggenschaar!'
Thomas grijnst. 'Je bent een klein, bang konijntje, Blue Eyes. Het was maar een film, hoor!'
'Wa... waarom b-ben je hier eigenlijk?' stottert Rosa. 'Je was toch nog in de stad?'
'Ik vond het een beetje zielig dat je zo alleen thuiszat.'
Thomas gaat op het bed zitten en trapt zijn gympen uit. Hij klopt op de matras. 'Kom je bij me zitten?'
Rosa aarzelt. Ze vindt het niet fijn dat hij zonder te vragen haar kamer is binnengekomen. En ze is helemaal alleen thuis. Thomas glimlacht naar haar. Rosa smelt en voelt de bekende vlinders weer in haar buik fladderen. Wat een onzin, ze is echt een tutje. Hij is speciaal voor haar teruggekomen! Ze moet juist hartstikke superblij zijn.
Ze gaat naast hem op bed zitten. Gelukkig heeft ze niet die korte nachtjapon aan, maar een lange, tot op haar enkels.

'Je ziet er lief uit zo,' zegt Thomas. 'Een engeltje met paarse haren. Ik had niet gedacht dat je het zou durven om je haar te verven.'
'Pfff, ik ben heus niet zo braaf als jij denkt, hoor,' zegt Rosa stoer.
'O nee?' vraagt Thomas plagend. Hij schuift dichterbij en legt een arm over haar schouder.
'Zeg Blue Eyes, vind je me wel een beetje leuk?'
Rosa knikt. 'Jawel, hoor... waarom vraag je dat?'
'Nou, omdat je je hand wegtrok in de bioscoop. Ik dacht even dat je me niet zag zitten.'
Rosa voelt hoe haar gezicht knalrood wordt. Ze durft hem niet aan te kijken. Hij zit nu heel dicht bij haar.
'Ik wilde in de bioscoop eigenlijk iets doen...' fluistert hij.
Rosa durft nauwelijks meer adem te halen.
'W-wat dan?' piept ze bijna onhoorbaar. Nog even en ze ploft uit elkaar.
'Dit...' Thomas drukt zijn lippen op de hare.
Hééélp! denkt Rosa. Hij doet het! Hij zoent me! Dit is mijn eerste zoen! Wat moet ik doen? Niet stikken, niet kwijlen, niet...
Thomas' lippen voelen zacht en warm aan. Hij ruikt niet zo lekker. Sigaretten en nog iets. Bier misschien. Rosa knijpt haar ogen stijf dicht. Thomas pakt haar schouders vast en duwt haar zachtjes achterover. Hééélp! galmt het weer door Rosa's hoofd. Wat nu, wat nu? Eng!
Dan opent Thomas zijn mond en ze voelt zijn tong tegen haar lippen. Het voelt zo raar dat ze haar lippen stijf op elkaar knijpt.
Thomas gaat overeind zitten en fronst zijn wenkbrauwen. 'Wat is er? Heb je nog nooit gezoend soms?' vraagt hij verbaasd.
'Ja... jawel, hoor. Vaak zat.' Rosa trilt helemaal van de zenuwen.
'Wil je dan niet?' vraagt Thomas.
'Ja... jawel, best wel, hoor.'
Opnieuw buigt hij zich over haar heen. Rosa opent haar lippen. Zijn tong gaat zoekend door haar mond, alsof hij zijn kauwgum kwijt is. Bij die gedachte voelt ze plotseling een onstuitbare lachbui opkomen en ze proest het uit. Met een beledigd gezicht gaat Thomas rechtop zitten.
'Wat heb jij nou?' vraagt hij boos.
Rosa komt ook overeind en trekt haar nachtjapon over haar knieën.
'Het voelde zo gek,' giechelt ze verontschuldigend.

Thomas staat op en kijkt boos op haar neer. 'Nou, ik weet anders heus wel hoe het moet, hoor.'
'Maar ik niet,' zegt Rosa. 'Ik heb tegen je gelogen. Dit… dit was mijn eerste tongzoen.'
Thomas weet niet hoe hij kijken moet. Hij krabt in zijn spikes. 'Je eerste zoen?' Hij grijnst breed. 'Ik dacht dat het aan mij lag.'
Rosa schudt haar hoofd en lacht. Nu ze de waarheid heeft gezegd is ze een stuk minder gespannen. Thomas gaat weer zitten en pakt haar hand. 'Mag ik je ook je tweede geven?' vraagt hij.

Aan: Esther Jacobs <esther@xs42.nl>
Van: Rosa van Dijk <rosa_vandijk@hotmail.com>
Verzonden: 4 september 01.04
Onderwerp: Kissss

Hoi Esther,

Ik heb gezoend! Yesss! En het was zo geweldig, joh! Echt super te gek vet cool.
We hebben wel een halfuur op bed liggen kussen. Het is nu één uur 's nachts en ik ben nog klaarwakker. Ik kan nooit meer slapen, denk ik. Hij is ook op mij! Op mij, Rosa van Dijk! Ik heb verkering! Jippieeee!

Doeideboei van Roos de Bloos!

Aan: Jonas de Leeuw <jdl@xs22.nl>
Van: Rosa van Dijk <rosa_vandijk@hotmail.com>
Verzonden: 4 september 01.14
Onderwerp: vet verliefd

Jippiooonas!

Ik heb verkering met Thomas!!! We hebben gezoend!!!

Verrie heppie Rosa!

Geldnood

Rosa staat onder de douche. Al een halfuur. Om de paar minuten stapt ze eronderuit om in de spiegel te kijken. Het paars gaat er niet uit.
Ze draait de kraan dicht en keert druipend en wel de prullenbak om. Daar is de verpakking. Haastig leest ze wat erop staat. Stik! Ze heeft niet goed gekeken. Permanent, staat erop, niet uitwasbaar. Ze heeft de verkeerde genomen! Wat moet ze nou doen? Ze durft morgen zo niet naar school en vanmiddag al helemaal niet naar het ziekenhuis. Haar moeder blijft erin als ze haar zo ziet.
Het enige wat ze kan doen is haar haar weer blond verven, maar het is zondag, dus de winkels zijn dicht. Rosa staart wanhopig naar de paarse pieken in de spiegel.

'Dag Roosje, lieverd, wat fijn dat je er bent!' Haar moeder was niet op haar kamer, maar zit in een rolstoel naast de couveuse, samen met Alexander. Om haar schouders en borst zit een soort omslagdoek met een bobbel. Alexander wijst er stralend naar. 'Hij mocht eruit, we mogen hem vasthouden!'
'O, wat fijn!' roept Rosa en ze buigt zich over het bundeltje heen. Abeltje ligt met zijn oogjes dicht tevreden tegen haar moeders borst aan. Zijn pluizige, zwarte haartjes staan als een borsteltje overeind.
'Dag Appie, hier is je grote zus!' zegt Rosa en voorzichtig strijkt

ze over zijn wangetje. Het voelt heel zacht en warm aan.
'Hij heet Abeltje, hoor!' protesteert haar moeder lachend.
Rosa grinnikt. 'Nou, ik noem hem toevallig Appie, Appie Garnaal. Hoeft hij geen slangetjes meer in?'
'Nee,' antwoordt haar moeder. 'Het gaat een heel stuk beter nu. Hij is er doorheen gekomen, Roos. Abeltje gaat niet meer weg!'
'Wat heerlijk!' roept Rosa en ze meent het. Ze is dolgelukkig. Met Abeltje. En met Thomas. Alles is heerlijk. Bijna alles. Ze voelt aan haar hoofd.
'Hè toe, mam, mag ik hem ook eens?'
'Nee, nu nog niet,' antwoordt Alexander. 'Laat hem maar even lekker liggen. Je kunt hem nog vaak genoeg vasthouden.'
Haar moeder kijkt haar onderzoekend aan. 'Is dat de nieuwe mode, Roos, zo'n hoofddoekje?'
Rosa frunnikt er zenuwachtig aan. Als er maar geen paarse plukken onderuit glippen.
'Ja, iedereen in Groningen heeft dat. Vind je het leuk staan?' Maar haar moeders aandacht is alweer bij de baby.
'O, kijk eens,' roept ze verheugd uit. 'Het lijkt wel of hij lacht! Abeltje lacht om je hoofddoekje, Roos!'

Rosa ligt in haar bed. Het is bijna half elf en ze heeft Thomas vandaag nog niet gezien. Ze is vanmorgen goed weggekomen met dat hoofddoekje. Alleen is Alexander nu weer thuis. Ze hoort hem beneden rondlopen. Morgenochtend gaat ze niet naar school, heeft ze besloten, maar meteen naar de drogist om blonde haarverf te kopen. Met geld dat ze net stiekem uit Alexanders portemonnee heeft gehaald. Het briefje van twintig euro heeft ze onder haar kussen verstopt.
Rosa schaamt zich er erg over, maar wat had ze dan moeten doen? Had ze moeten zeggen 'Hé Alexander, heb je wat geld voor me, want mijn haar is paars en het moet weer blond'? Dat zou ze nooit durven. Alexander kan soms opeens driftig worden en daar is ze bang voor.
Ze durft ook niet goed te gaan slapen. Stel je voor dat Thomas komt. Ze heeft de hele dag al aan niks anders kunnen denken. Het enige dat ze gedaan heeft, is met de verrekijker naar buiten turen en naar de muziek uit haar discman luisteren. Er waren

geen mails vandaag en in de chatbox was de Sprookjesprins ook nergens te bekennen. Ze heeft geprobeerd haar huiswerk te maken, maar dat lukte van geen kanten.
Als Rosa bijna slaapt, wordt er zachtjes geklopt. Ze springt overeind. Thomas' onderbenen bungelen voor het gesloten raam. Gauw doet ze open.
'Dag schatje,' zegt Thomas. 'Daar ben ik weer, heb je op me gewacht?' Hij pakt haar schouders beet en geeft haar een stevige zoen. Uch, denkt Rosa, dat is dus wat Sascha bedoelde met ruig zoenen. Haar lippen tintelen ervan. Thomas' adem ruikt weer naar bier en naar sigaretten.
Hij ploft neer op haar bed. 'Hé moppie, heb je wat lekkers voor me? Een chippie of zo?'
'Sssjt!' fluistert Rosa. 'Alexander is thuis, heb je zijn auto niet gezien?'
Thomas doet net alsof hij heel erg schrikt. Zijn ogen zijn een beetje rood, ziet Rosa.
'Je sliep toch nog niet, hè?' fluistert hij net iets te hard. Rosa schudt haar hoofd. Ze is blij dat ze met haar kleren aan in bed was gaan liggen.
Hij trekt haar naar zich toe. 'Kom, kleine Blue Eyes, geef me nog een zoentje. Je leert snel, hoor!'
Rosa glimt van trots. Ze kan het al! Wauw! Thomas zoent haar, eerst zachtjes en dan wat harder. Rosa hapt naar adem. Plotseling voelt ze dat Thomas' handen van haar schouders in de richting van haar borsten glijden. Ze schrikt zich rot.
Wat moet ze doen? Help, dit wil ze helemaal niet. Hoort dit er ook bij? Zo snel al? Maar als ze hem wegduwt en er iets van zegt, vindt hij haar vast weer een tutje! Ze moet een smoes bedenken, en snel.
Rosa trekt zich los. 'Zal ik chips voor je halen?'
Thomas heeft zijn mond nog open en zijn ogen dicht. Hij ziet er een beetje oenig uit zo.
'Wat?' Verstoord doet hij zijn ogen open.
'Chips, je wilde toch chips.' Ze springt overeind en rent naar de deur. 'Ben zo terug,' fluistert ze met haar liefste glimlach.
Hijgend en met een bonzend hart staat Rosa op de gang. Dat was op het nippertje. Wat moet ze nu doen? Het is uitgesloten

dat ze bij de chips kan, want om in de keuken te komen moet ze door de woonkamer. Weer een smoes, dat is het enige dat erop zit. In smoezen bedenken begint ze al aardig goed te worden. Ze telt tot tien en glipt dan haar kamer weer binnen.

'Thomas, je moet onmiddellijk weg! Alexander komt naar boven,' sist ze.

Thomas springt overeind en rent naar het raam. Daar aarzelt hij.

'Schiet op, ik hoor hem de trap oplopen,' fluistert Rosa met een angstig gezicht.

Als Thomas op het dak zit, steekt ze haar hoofd naar buiten. Ze heeft meteen al spijt van haar actie. Stel je voor dat hij nu op haar afknapt. Dan is ze hem kwijt.

'Zie ik je morgen?' roept ze hem zachtjes achterna.

Thomas maakt een gebaar dat zowel ja als nee kan betekenen en verdwijnt in het donker.

Rosa doet met een diepe zucht het raam dicht en laat zich op haar bed neervallen. Ze pakt haar beer vast en drukt hem stevig tegen zich aan. 'O Thomas, ik hou van je,' fluistert ze in zijn oor. 'Maar ik wil alleen nog maar zoenen, hoor.'

Haar blik valt op haar hoofdkussen, dat half van het bed af ligt. Dat is raar. Rosa draait het kussen om en kijkt op de grond en onder haar bed. Niks. Ze keert haar dekbed binnenstebuiten. Het briefje van twintig is weg. Hoe kan dat nou?

Ze geeft een klap op het kussen. Stik! Wat moet ze nu doen? Het lag daar toch, hoe kan het nou opeens verdwenen zijn? Zou Thomas... Nee, dat is onmogelijk. Maar het ergste is nog dat ze het geld echt nodig heeft! Ze kan zich niet vertonen met dat paarse haar. Er zit maar één ding op. Als Alexander slaapt, moet ze nog een keer geld gaan pikken.

Willie Wortel heeft een probleem

Bloem: Wat fijn dat je er weer bent, Sprookjesprins, ik heb je overal gezocht!
Sprookjesprins: Ik had even geen zin om in het sprookjesbos rond te dwalen.
Bloem: Waarom niet?
Sprookjesprins: Mijn hart is gebroken. Ik heb liefdesverdriet.
Bloem: Wat rot. Wil je erover praten?
Sprookjesprins: Schrijven zul je bedoelen. Waarom niet. Ik ken je toch niet. Ik weet niet eens of je echt bent.
Bloem: Ik ben een echte bloem, hoor. Niet van plastic. Vertel maar.
Sprookjesprins: Ze is het tofste meisje dat ik ken. En ze ziet er heel leuk uit. Weet je, het fijnste was misschien wel dat ik me zo bij haar op mijn gemak voelde. Ik durfde alles tegen haar te zeggen. Ik ken haar al best lang. We hadden altijd hartstikke veel lol samen.
Bloem: En nu heeft ze het uitgemaakt?
Sprookjesprins: Ja, ze is op een ander.
Bloem: Dat is balen. Waarom had ze er genoeg van?
Sprookjesprins: Weet ik niet. Misschien vond ze me kinderachtig.
Bloem: Maar je bent toch al 18?
Sprookjesprins: Misschien woon ik te ver weg.
Bloem: Stom van haar, volgens mij heeft ze een kanjer laten schieten.
Sprookjesprins: Nou, dank je. Maar wie weet, ben ik wel scheel en

heb ik overal wratten en een kromme neus tot op mijn kin en een bochel.
Bloem: Vast wel.
Sprookjesprins: Hoe zie jij eruit?
Bloem: Lang steil haar, zwart. Bruine ogen, een beetje schuin. Niet dik, niet dun.
Sprookjesprins: Wauw.
Bloem: Nou jij.
Sprookjesprins: Ik ben lang en blond en knap en ik heb een zwaard en een wit paard en ik word later koning van Sprookjesland.
Bloem: Vast wel. Maf hè, dat internetgedoe. Je weet helemaal niet of iemand is zoals hij zich voordoet.
Sprookjesprins: Eigenlijk weet je dat in de echte wereld ook niet. Iedereen doet net alsof.
Bloem: Ja.
Sprookjesprins: Ik moet kappen, mijn vader wil op de computer.
Bloem: Oké. Morgen zelfde tijd?
Sprookjesprins: Yep. Toedeloei!

Toedeloei? denkt Rosa. Dat is grappig, dat zeiden de kinderen in Den Bosch ook altijd.
Ze denkt na over wat de Sprookjesprins schreef, over dat je niet weet wie iemand echt is. Dat slaat eigenlijk ook wel op haarzelf. Op school doet ze heel hooghartig om de kinderen op een afstand te houden, terwijl ze eigenlijk juist heel onzeker en verlegen is en niks liever wil dan vriendinnen krijgen. Tegen mama zegt ze dat ze een heleboel vriendinnen heeft, omdat ze haar niet ongerust wil maken. Maar het is niet waar, in werkelijkheid voelt ze zich vaak hartstikke alleen. Bij Thomas doet ze heel stoer, maar ze durft niet zichzelf te zijn. Ze probeert iemand te zijn die ze diep in haar hart niet is, alleen maar omdat ze wil dat hij verliefd op haar wordt. En als ze heel eerlijk is, vindt ze dat zoenen nou ook niet zo superlekker... En ze pikt geld, dus ze is eigenlijk een dief. Ze heeft zich nog helemaal suf gezocht naar dat briefje van twintig, maar het was nergens meer te vinden.
Rosa zucht. Was mama maar weer thuis. Nog een paar dagen. En Abeltje mag dan waarschijnlijk ook mee. Dat zal gek zijn, een baby in huis...

Ze staat op en loopt naar de badkamer. Vanmorgen is ze naar de drogist geweest om blondeerverf te kopen. Ze hoopt maar dat het de goede soort is, want ze durfde het niet te vragen. Deze keer heeft ze de verpakkingen heel goed bestudeerd. Operatie blond gaat beginnen. Als het maar lukt... Als ze maar niet plotseling groen haar krijgt... Als ze maar geen gedonder krijgt op school, omdat ze spijbelt. Als Thomas maar niet weer aan haar borsten gaat zitten.

Aan:	Rosa van Dijk <rosa_vandijk@hotmail.com>
Van:	Esther Jacobs <esther@xs42.nl>
Verzonden:	6 september 16.31
Onderwerp:	Tips voor een tutje

Hoi Rosie,

Heb je het nieuws van Sas al gehoord?? Ik schrok me echt te pletter, joh. Er is iets heel ergs gebeurd, maar ik denk dat ze het niet fijn vindt als ik het je vertel, dus je moet haar maar even bellen. Ze logeert nu voor een poosje bij ons, dus daar kun je haar bereiken. (Of op haar mobieltje.)
Zeg Roos, ik hoop niet dat je boos bent dat ik me ermee bemoei. Ik heb dan nog wel nooit verkering gehad, maar ik heb toch een paar tips voor jou:

Tips voor als je verkering hebt
1. Doe niks waar je geen zin in hebt.
2. Wees jezelf.
3. Zeg duidelijk wat je wel en niet wilt.
4. Wees eerlijk (ook tegen jezelf).

Niet boos zijn, hoor! En ik zou zeker niet gaan roken om erbij te horen. Dat is echt knetterstom!
Heb je nog paars haar? Ik kan het me niet voorstellen. Zijn Alexander en je moeder er niet achter gekomen? Je had eigenlijk in zo'n hokje op het station een foto moeten laten maken, had ik ook nog even kunnen lachen. En hoe is het met het garnaaltje?

Ik heb gemeeld met Jonas. Hij is volgens mij in een baalhumeur. Verder kun je wel met hem lachen.

Nou, doeideboeiknoei!
Esther

Rosa zit voor haar computer, met een handdoek als een tulband om haar hoofd gedraaid. Esther heeft natuurlijk gelijk. Het lijkt wel of ze gedachten kan lezen. Maar het is zo moeilijk. Als ze zegt wat ze echt denkt, knapt Thomas vast op haar af.
Rosa kijkt op haar horloge. Ze moet eigenlijk nu de kleurshampoo eruit spoelen. Even nog, misschien wordt het dan blonder.
Wat een geheimzinnige mail. Wat zou er met Sas aan de hand zijn? Ze zit nu vast op school, maar ze kan proberen of ze toevallig al thuis, bij Esther, is.
De telefoon gaat een heleboel keer over. Rosa trekt een haarplukje onder de handdoek uit en bekijkt het zenuwachtig. Paars is het niet meer, maar of het nou blond is? Ze kan het nog niet goed zien, omdat het nog vochtig is. Gelukkig dat Alexander naar zijn werk is en zij het rijk alleen heeft. Net als ze de telefoon wil neerleggen, wordt er opgenomen.
'Hallo?'
'Hé Sas! Ben jij het? Wat klink je duf.'
'O, hoi Roos, ben jij het? Ik lag te slapen.'
'Om één uur 's middags? Ben je ziek?'
'Ja.'
'Wat is er dan?'
Tot Rosa's ontsteltenis begint Sas te huilen.
'Hé Sassie, wat is er nou? Waarom huil je?'
'Ikhikhik... hij... ik...'
'Diep ademhalen en langzaam uitblazen. Rustig nou maar, Sas.'
'Ik... ik was met... ik ben, ik ben met Theo naar bed geweest.'
'Jeetje!'
'Ja, zeg dat wel. Weet je, ik wilde het eigenlijk nog helemaal niet. Maar Theo...'
'Wat?'
'Nou, hij wilde wel. En toen deed ik het toch, om hem een plezier te doen. En... maar...'

Sascha begint weer hard te huilen. Rosa wacht geduldig. Ze is totaal perplex. Ze wist wel dat Sas op het gebied van jongens al veel verder was. Ze zoende al in groep zeven en had in groep acht al zeker een stuk of tien vriendjes gehad. Maar dit had ze nog niet verwacht.

'Het is toch niet zo erg, Sas? Iedereen doet iets toch voor de eerste keer? De een wat eerder, de ander wat later.'

'Ja... ja maar, weet je, Roos, ik deed het niet voor mezelf. Ik wilde helemaal niet. Ik deed het voor hem en... en het stomme was, hij wilde geen condoom gebruiken.'

'Dat meen je niet! Gek!'

'Wat ben jij toch netjes, Roos. Ik zou zeggen: Sascha, je bent een ongelofelijk domme driedubbel overgehaalde achterlijke debiel, dat je zoiets doet.'

'Ja. Nou, dat is ook wel zo. En nu dan, Sas?'

'Nou, ik ben gisteren meteen naar de huisarts gegaan. In mijn eentje, want Theo wilde niet mee. Hij zei dat ik me aanstelde. En dat je van de eerste keer niet zwanger kon worden.'

'Dat weet ik zelfs nog, dat dat wel kan. Wat een flapdrol, die Theo. Wat gemeen!'

'Nou, zeg dat wel. Ik ben ongelofelijk woedend op hem. Hij heeft me gewoon laten stikken.'

'En toen?'

'Ik kreeg de morning-afterpil. Daarom lig ik in bed. Ik ben misselijk.'

'Wat is dat nou weer?'

'Ik moet zes dagen lang elke ochtend een pil slikken. Zo'n pil helpt alleen als je er meteen mee begint, dan word je niet zwanger. Als je er langer mee wacht, moet je een abortus.'

'Of een kind krijgen. O Sas!'

'Ik heb het uitgemaakt met Theo. Wat een lul! Ik wil hem nooit meer zien.'

'Gelijk heb je. En je moeder, weet die het al?'

'Nee, natuurlijk niet. Die heeft zelf genoeg problemen. Maar Esther en haar moeder zijn hartstikke lief voor me. Ik mag hier zo lang blijven als ik wil, maar dat doe ik niet. Volgende week komt mijn moeder thuis, en dan wil ik er ook zijn. Om een beetje op haar te letten, weet je wel.'

'Sas, ik vind het zo afschuwelijk voor je. Kan ik wat voor je doen?'
'Dat doe je al. Je bent mijn vriendin toch.'
Nu begint Rosa te huilen.
'Gekkie, waarom huil je nou?'
'Gewoon, om alles. Omdat ik het zo rot voor je vind.'
'Ach nee, joh! Ik red me wel, hoor. Ik heb mijn lesje wel geleerd. Onkruid vergaat niet! Kop op, joh!'
'Ha! Dat moet ik tegen jou zeggen.'
'Dan zeggen we het tegen elkaar, daar zijn vrienden voor. Hé, ik ga weer liggen als je het niet erg vindt. Anders spuug ik dadelijk de boel hier onder.'
'Oké. Sterkte ermee.'
'Yep. Toedeloei!'
Rosa legt de telefoon neer. Jeetje, die Sas. Zij doet dus ook dingen die ze eigenlijk niet wil. En dan gebeurt er dit. Ze neemt zich voor om het zelf in het vervolg anders te doen.

Aan: Esther Jacobs <esther@xs42.nl>
Van: Rosa van Dijk <rosa_vandijk@hotmail.com>
Verzonden: 6 september 21.06
Onderwerp: Problemen

Hoi Es,

Ik heb met Sas gesproken. Ik vind het hartstikke rot voor haar. Maar heel lief van jullie dat jullie haar opvangen. Jij hebt wel gelijk, hoor, met de dingen die je zegt. Maar het is in de praktijk best moeilijk.
En wat is er met Jonas aan de hand? Hij meelt mij de laatste tijd niet meer terug. Meel jij nog wel met hem? Wat een gedoe, zeg, het lijkt wel of er met iedereen iets is. Maar ja, dat zal er wel bij horen op deze leeftijd.
Ik ben nog steeds heel erg op Thomas. Hij is superknap en heus wel heel aardig, hoor. Ik kan aan niks anders meer denken. Behalve aan mijn paarse haar, dat ik weer gewoon moet zien te krijgen. Ik had stom gedaan, joh! Ik had de verkeerde kleurshampoo gekocht,

het was spul dat je er niet uit kon wassen. Ik heb er vanmorgen ander spul op gesmeerd en ik zit nu te wachten tot het uitgewerkt is. Alleen durf ik de handdoek er niet af te halen. Maar ik ga het nu toch maar doen, want de tijd is allang om. Ik zal zo verder schrijven of het gelukt is. Wordt vervolgd...

Ieeek! O Esther, ramp, ramp! Het is helemaal oranje geworden. Hééélp! Wat moet ik nou doen?

Je wanhopige vriendin,
Willie Wortel

Rosa staat huilend voor de spiegel. Dit is echt niet te geloven. Haar haar is knaloranje!
Er is nu nog maar één ding dat ze kan doen.

'Mama?'
Haar moeder doet haar ogen open. Abeltje ligt op haar borst te slapen.
'Roos, ben je niet op school? Heb je een tussenuur?' Haar moeder glimlacht en legt Abeltje voorzichtig in het glazen bedje dat naast haar bed staat. Hij begint meteen keihard te krijsen en wordt helemaal rood.
'O, o, meneer is het er niet mee eens,' zegt Rosa's moeder lachend. 'Dat doet hij nou de hele tijd. Alleen als hij dicht bij mij ligt, is hij tevreden.'
'Dat snap ik wel,' zegt Rosa. 'Na die enge couveuse waar hij de hele tijd in gelegen heeft.'
Rosa's moeder pakt de baby weer op en legt hem naast zich neer. Abeltje is meteen stil. Vertederd aait ze hem over zijn pluishaar.
Rosa haalt diep adem. Nu moet het dan maar.
'Mam... kijk eens.'
Ze trekt haar hoofddoek af. Haar moeder kijkt op. Ze spert haar ogen wijd open en dan... barst ze in lachen uit.
'Jee, Roos, wat heb je nou toch gedaan?' Ze moet zo hard lachen dat Abeltje van schrik weer een keel opzet.

Rosa is stomverbaasd. Ze had verwacht dat ze ontzettend op haar kop zou krijgen. Op haar oranje kop. Ze weet niet of ze moet meelachen of huilen. Dan begint ze te grijnzen, maar met tranen in haar ogen.
'O Roosje, je moest jezelf eens zien staan, als een beteuterd, bang worteltje.'
'Ben je dan niet boos?'
'Ach nee, gekkerd!' Ze legt Abeltje over haar schouder en klopt hem op zijn ruggetje. Hij is opgehouden met huilen, maar heeft nu de hik.
Rosa gaat op het bed zitten. Ze voelt zich enorm opgelucht.
'Ik heb dat soort dingen vroeger ook wel gedaan,' zegt haar moeder. 'Een piercing of een tatoeage zou ik veel erger vinden, die krijg je nooit meer weg.'
Rosa pakt een paar plukken van haar haar en trekt ze met een wanhopig gezicht omhoog.
'Maar wat moet ik hier dan mee, mam? Ik loop totaal voor gek!'
Haar moeder legt Abeltje in haar armen.
'Hier, worteltje, hou je broertje maar eens vast. Je gaat vanmiddag gewoon naar de kapper. Die weet wel een oplossing.'
Onhandig klemt Rosa Abeltje tegen zich aan. Wat is hij klein! Hij kijkt haar wazig aan, met donkerblauwe, ronde oogjes. Dan vertrekt zijn gezichtje opeens, alsof hij pijn heeft, en hij wordt donkerrood. Rosa schrikt. Knijpt ze te hard? Ze geeft hem gauw terug aan haar moeder.
Prrrt! klinkt het ineens vanuit Abeltjes luier. En nog een keer: prrrt.
Rosa's moeder lacht en klopt hem op zijn buik.
'Goed zo, kereltje, dat zat je dwars, hè?'
Rosa trekt haar neus op. Bah, wat een lucht!

Nog een eerste keer

'Rosa, ik wil even met je praten. Rosa! Joehoe! Contact!'
Alexander zwaait met zijn hand voor Rosa's gezicht.
Boos kijkt Rosa Alexander aan. Ze heeft nu geen lange krullen meer om achter vandaan te gluren, want haar haar is kort geknipt. Het komt niet eens meer tot op haar schouders. Maar het is in ieder geval zo ongeveer de kleur die ze eerst had. De kinderen op school hebben het niet eens gemerkt. Alleen Karien heeft gezegd dat ze het leuk vond staan.
'Hoe kun je nu in hemelsnaam huiswerk maken, met die keiharde muziek aan?' vraagt Alexander.
'Bemoei je er niet mee, dat kan ik best, hoor.'
'Ik kan het me niet voorstellen. Zeg Roos, ik heb een telefoontje gehad van je mentor. Hij zei dat je de laatste tijd regelmatig niet in de lessen verschijnt. Met andere woorden: je spijbelt. Zou je me daar eens even uitleg over willen geven?'
'Puh! Waarom? Jij bent mijn vader toch niet?'
'Nee, maar wel je stiefvader.'
'Huh, wie zegt dat? Heb ik daarom gevraagd?'
Rosa stopt de oortelefoons weer in en buigt zich over haar boek. Ze is vandaag in een ontzettende rotbui. Ze heeft pijn in haar buik en bovendien heeft ze Thomas de hele week niet gezien. Waarschijnlijk is hij de laatste keer dat hij er was totaal op haar afgeknapt. Ze wordt helemaal gek van het piekeren of ze nou

wel of geen verkering met hem heeft. Ze is zo ontzettend verliefd op hem dat ze aan niets anders kan denken.
'Rosa, ik praat tegen je!' Alexander begint nu echt kwaad te worden. Hij trekt de oortelefoons eruit. Rosa springt overeind en gilt: 'Blijf van me af, man! Zo maak je ze kapot!'
'Maak niet zoveel lawaai. Je moeder slaapt, en Abeltje ook eindelijk.'
'Ja, nou en! Ik word er gek van! Ik moet maar de hele dag op mijn tenen door het huis lopen en 's nachts doe ik geen oog dicht omdat Appie de boel bij elkaar krijst! Ik ben de hele tijd doodmoe.'
En mama heeft nooit tijd om met mij te praten, denkt ze erachteraan. Maar dat zegt ze niet tegen Alexander. Ze heeft tranen in haar ogen en kijkt Alexander woedend aan. Zijn schuld. Het is zo anders dan ze gedacht had. Haar moeder is nu een week thuis, maar het is helemaal niet gezellig. Ze is steeds met de baby bezig en heeft totaal geen aandacht voor haar. Appie slaapt overdag nauwelijks, is 's nachts wakker en dan huilt hij voortdurend. Alexander moet vaak overwerken en is snel geïrriteerd. Ze lopen rond als zombies, zo moe zijn ze. Leuk, zo'n liefdesbaby!
Alexander steekt wanhopig zijn handen in de lucht. Dan draait hij zich zonder iets te zeggen om en loopt de deur uit.
Rosa ploft neer op haar bed en drukt haar beer tegen zich aan. Nou krijgt ze nog bijna medelijden met Alexander ook. En de pest aan zichzelf. Wat heeft ze de laatste tijd toch? Soms lijkt het wel alsof er een ander iemand in haar woont. Een gemeen, brutaal kind, dat er heel andere dingen uitflapt dan zij, de echte Rosa, zou willen zeggen.
Rosa veegt de tranen van haar wangen. Ze is een stom misbaksel. Geen vrienden en vriendinnen, en lelijk is ze nu ook nog met dat korte haar. Jonas schrijft ook al niet meer. Haar enige troost is nog haar dagelijkse afspraakje met de sprookjesprins, met Jasper. Elke avond om half acht chatten ze met elkaar. Net zoals met Jonas vroeger kletsen ze over van alles. Hij noemt haar Bloem, en zij noemt hem Prins. Maar ook daar heeft ze niet echt een goed gevoel over. Ze is nog steeds een beetje bang dat hij in werkelijkheid een oud vrouwtje uit het bejaardentehuis is, of een dikke man van vijftig met een kale kop. Brrr... ze moet er niet

aan denken. Maar zo, op het computerscherm, komt hij heel dicht in de buurt van haar ideale sprookjesprins. Hij is grappig, slim en nog een dichter ook. Laatst mocht ze een gedicht van hem lezen. Het was heel romantisch. Ze wilde dat Thomas zulke gedichten over haar schreef. Ze heeft het uitgeprint en in haar agenda geplakt.

De zon zakt als een gouden bol
In het water
Ik denk aan later
Ik kijk naar de lucht
Mijn hart is op de vlucht
Het is daar
Bij haar

Rosa zucht diep. Sprookjes bestaan niet. Ze moet zich niks in haar hoofd halen. Ze loopt op haar tenen naar beneden en kijkt om het hoekje van haar moeders kamer.
Ze slaapt, met Abeltje in haar armen naast zich. Hij is intussen al flink gegroeid en begint bolle, roze wangen te krijgen. Rosa schaamt zich als ze een steek van jaloezie door zich heen voelt gaan. Lag zij maar daar in haar moeders armen. Was alles maar zo simpel als toen ze klein was, en papa en mama nog bij elkaar waren en voor haar zorgden. Nu heeft ze het gevoel dat ze alles alleen moet doen.
Beneden hoort ze Alexander in de keuken rommelen. Jakkes, dat belooft weer wat. Bijna alles wat hij kookt, lust ze niet. En ze moet het altijd opeten en dan krijgen ze daar weer ruzie over.
Somber loopt ze naar de badkamer om te gaan plassen. Als ze op de wc zit en naar haar onderbroek kijkt, kan ze haar ogen niet geloven. Bloed! Ze springt overeind en kijkt in de wc. Daar is niets te zien, maar in haar onderbroek zit het toch echt. Vandaar die buikpijn de laatste tijd! Ze rukt haar broek omhoog en rent naar haar moeders kamer.
'Mama! Mam, ik ben ongesteld!' gilt ze opgewonden.
Rosa's moeder gaat slaperig rechtop zitten en Abeltje begint van schrik te huilen.
'Mam! Kijk! Ik ben ongesteld! Er zit bloed in mijn onderbroek!'

Haar moeder probeert de speen in Abeltjes mond te stoppen om het oorverdovende gekrijs te stoppen.
'Jeetje, schat! Wat geweldig!'
'Geweldig?' vraagt Rosa ongelovig.
Rosa's moeder klopt glimlachend op het bed. 'Kom even bij me zitten, schat.'
Rosa ploft naast haar neer. Haar moeder omhelst haar stevig.
'Ja, geweldig, omdat je nu een echte vrouw bent! Ik ben trots op mijn grote dochter.'
'Ha!' zegt Rosa met een blik op Abeltje, die paars begint aan te lopen en de speen naar buiten probeert te duwen. 'En nu kan ik ook kinderen krijgen! Nou, mij niet gezien, hoor!'
Haar moeder lacht en strijkt door haar korte krullen. 'Dit gaan we vieren, Rosie! Hier, hou je broertje even vast, dan ga ik me aankleden en voor taart en limonade zorgen.'
Rosa pakt Abeltje onhandig aan.
'Taart en limonade, en nog iets misschien? Chips? Dropjes? Bonbons, zeg het maar,' zegt haar moeder, terwijl ze een jurk over haar hoofd trekt.
'Nee gekkie, maandverband natuurlijk!'
Haar moeder komt naar haar toe en omarmt haar en Abeltje tegelijk. 'Lieve schat, ik kan het maar nauwelijks geloven. Mijn kleine meid al een echte vrouw!'
Haar moeder geeft haar een kus en wil Abeltje overnemen.
'Laat hem maar even bij mij,' zegt Rosa. Ze heeft geen zin om naar beneden te gaan en Alexander onder ogen te komen. Ze legt Abeltje over haar schouder en klopt hem op zijn rug. 'Misschien krijg ik hem wel stil, en dan heb jij even rust.'
Haar moeder kijkt verrast. 'Dat is lief van je. Voorzichtig, hè? Je kan hem ook in zijn wiegje leggen. Hier is zijn speen.' Ze loopt naar haar kast. 'En... een pak maandverband. Weet je hoe het werkt?'
'Jaha! Ik heb het jou al honderdduizend keer zien doen. Ga nu maar. Ik wil het liefst een enorme chocoladetaart, als het kan!'
Rosa legt Abeltje in zijn wiegje, dat naast het bed van haar moeder staat, en loopt met het pak maandverband naar de badkamer. Ze doet een schone onderbroek aan en legt er een maandverband in. Dat voelt raar, zo'n ding tussen je benen. Met o-benen

loopt ze terug naar de slaapkamer. Zou ze nu erg gaan bloeden, of maar een beetje? Eigenlijk vindt ze het heel spannend. Wauw! Ze weet eigenlijk niet eens of Esther het al geweest is. Gauw vragen. Sas heeft het al sinds haar twaalfde, maar die praat er nooit over – voor haar is het al heel normaal.
Abeltje heeft inmiddels de volumeknop nog een stukje hoger gezet. Rosa tilt hem op en wiegt hem onwennig heen en weer.
'Zeg, Appie-brullebakkie, kun je geen ander liedje zingen? Hier krijg ik oorpijn van, hoor.'
Ze tilt hem omhoog en ruikt aan zijn broek, zoals ze haar moeder heeft zien doen. Gelukkig, dat is het niet. Ze moet er niet aan denken dat ze een poepluier zou moeten verschonen.
Abeltje laat een luide boer, en hikt en krijst weer door.
'Jij hebt last van krampjes, hè? Net zoals je grote zus.'
Ze legt hem op haar moeders bed en wrijft over zijn buikje. Met haar andere hand streelt ze zijn wangetje.
'Je bent eigenlijk ook best lief, hoor. Als je slaapt tenminste.' Rosa lacht vertederd. Abeltje hapt naar haar vinger als ze langs zijn mond aait.
'Zo, gaan we nu al bijten? Of heb je soms honger?' Rosa steekt voorzichtig haar vinger in Abeltjes mond. Hij stopt met huilen en begint er met smakkende geluidjes stevig aan te zuigen. Vol verbazing kijkt Rosa naar haar broertje. 'Hé gekkie, wat doe je nou? Vind je dat lekker? Jij bent een rare rijstwafel, Appie Happie!'
Ze pakt de speen en probeert die in zijn mond te stoppen. Abeltje zet het prompt weer op een krijsen.
'Nou, dan doen we het maar zo.'
Rosa gaat naast hem liggen en stopt haar pink weer in zijn mond. Ze steunt op haar elleboog en kijkt vertederd naar het kleine kereltje. Hij is toch wel heel schattig, met dat pluizenbolletje en die ronde, blauwe oogjes.
En zo vindt haar moeder hen even later. Rosa slapend met haar vinger in Abeltjes mond, en Abeltje klaarwakker, tevreden sabbelend op haar pink.

Aan: Esther Jacobs <esther@xs42.nl>
Van: Rosa van Dijk <rosa_vandijk@hotmail.com>
Verzonden: 14 september 23.01
Onderwerp: I am a woman!

Goedenavond, tot u spreekt mevrouw Rosa van Dijk, een echte vrouw! Jazeker!
Haha, volgens mijn moeder dan. Dat heeft ze wel vijftien keer gezegd. Rosa, je bent nu een echte vrouw!
Vandaag ben ik voor het eerst ongesteld geworden. Het is raar, joh! Ik loop de hele tijd met o-benen rond, het voelt alsof er een heel pak babyluiers tussen mijn benen geklemd zit. Het went wel, zegt mijn moeder. Ook ga ik zo ongeveer elke drie minuten naar de wc, om te kijken hoe erg het is. Maar dat valt nogal tegen, of mee beter gezegd. Ik had de laatste tijd best vaak buikpijn, niet erg, maar een beetje vaagjes, in mijn onderbuik. Ik dacht dat het van de zenuwen kwam of van de verliefdheid, maar dat was het dus niet.
Ik voel me nou opeens helemaal anders. Geen klein kind meer. Een vrouw, een dame. Nu hoor ik bij de grote mensen. (Niet uitlachen, Es!)
Mam heeft op een heerlijke chocoladetaart getrakteerd om het te vieren, en ongesteldheids-tips gegeven. Ik schrijf ze hier voor je op, misschien heb jij er ook iets aan. Ben jij het eigenlijk al?

Survivaltips voor de ongesteldheid

1. *Zorg dat je altijd maandverband bij je hebt. De eerste tijd kan het heel onregelmatig komen. Dus een slimme meid is op haar ongesteldheid voorbereid. (Mijn moeders tekst, hoor.)*
2. *Je kunt ook tampons gebruiken, maar dan speciale kleintjes.*
3. *Wissel het verband regelmatig, anders gaat het doorlekken.*
4. *Als je een verband wilt weggooien, wikkel het dan in een wc-papiertje of in het plastic van het volgende verbandje, en gooi het in de vuilnisbak, niet in de plee.*
5. *Je eerste ongesteldheid duurt meestal maar een paar dagen of nog korter. Normaal duurt het tussen de drie en de zeven dagen.*
6. *In principe word je elke maand ongesteld. Als je telt vanaf de eerste dag van je menstruatie zitten er meestal 28 dagen tussen. Maar het kan ook wat korter of langer zijn.*

7. Ga elke dag onder de douche en was je goed, maar alleen met water. Zeep is niet goed.
8. Als je buikpijn hebt, helpt het om onder een warme douche te gaan. Een warm bad kan ook. (Je badwater wordt dan niet rood, volgens mijn moeder.)
9. Een warme kruik op je buik helpt ook.
10. Als het heel erg is, kun je een aspirientje nemen. Maar een heleboel meisjes voelen er bijna niks van, schijnt het.
11. Schrijf in je agenda op wanneer het begint en wanneer de laatste dag was, dan kun je het bijhouden en weet je op den duur wanneer je het kunt verwachten.

Nou, dat waren elf interessante tips. Ik heb nu al helemaal geen buikpijn meer. Wel ben ik misselijk van de drie stukken chocoladetaart.
Verder heb ik een tovermiddel ontdekt om Abeltje stil te krijgen. Als je je pink in zijn mond stopt, gaat hij eraan sabbelen en geeft geen kik meer. Mama en Alexander doen het nu ook de hele tijd. Ze zijn me er innig dankbaar voor. Eindelijk rust in huis. Je kunt je niet voorstellen hoeveel lawaai zo'n klein kereltje kan maken. Maar dat met die pink is niet echt handig, want dan moet je hem de hele tijd dragen. En dat wil hij natuurlijk ook, lekker dicht bij iemand zijn en niet alleen in zijn bedje liggen. Misschien kan ik in de feestartikelenwinkel een plastic pink kopen. Weet je wel, zo'n afgesneden fopvinger, met bloed eraan. Haha, ik zie het al voor me.

Vanavond heb ik met Thomas op het dak gezeten. Was hartstikke romantisch. Ik ben zo verliefd op hem. Hij wilde ook op mijn kamer komen, maar ik zei dat dat niet kon.
Nou Esje-besje, ik ga mijn bed in, want het is al half twaalf en ik val om van de slaap. Hopelijk houdt Abeltje zich koest vannacht.

Toedeloeiboei!
Roos

Rosa zet de computer uit en staart voor zich uit. Het kostte eigenlijk nogal moeite om Thomas buiten te houden. Hij wilde heel graag binnenkomen, maar ze had gezegd dat ze het te gevaarlijk vond met haar moeder en Alexander thuis. Ze was zo blij geweest dat hij eindelijk weer aan haar raam klopte dat ze na een halfuurtje zoenen toegestaan had dat hij heel even haar borsten aanraakte.

Maar eigenlijk vond ze het helemaal niet fijn. Zoenen en verliefdheid vindt ze leuk, maar de rest... Dat wil ze absoluut nog niet. Ze durft het Esther niet te schrijven, omdat ze dan vast weer een preek krijgt. Es zal zeggen dat ze nooit dingen moet doen, of moet toelaten, die ze niet werkelijk wil. Maar dat is nu juist het probleem. Ze weet niet goed wat ze wil. Ze wil niet dat Thomas aan haar zit, maar ze wil hem ook niet kwijtraken. Hij is zo lief voor haar. En eigenlijk is hij de enige die ze nu heeft. Ze is bang dat als ze niet met hem meedoet, hij het zal uitmaken. En ze begrijpt het ook wel; Thomas is zeventien die wil gewoon meer.

Rosa duikt in bed en trekt het dekbed over haar hoofd. Het is ingewikkeld om een echte vrouw te zijn. Vooral als je veertien bent en verliefd.

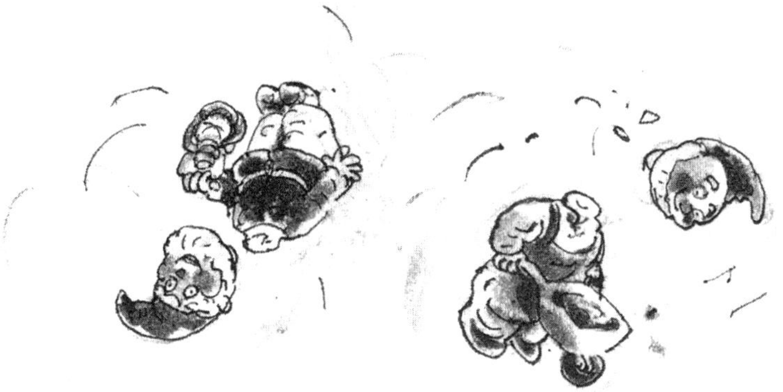

Rotzooi in de Efteling

Rosa staat op het plein. Thomas staat naast haar met zijn arm om haar heen en rookt een sigaret.
Govert en een jongen die Mark heet, zitten een stukje verderop op een stoeprand, met de bal. Rosa voelt zich heel stoer zo naast Thomas. Ze hoopt alleen dat haar moeder niet naar buiten kijkt, want dan zou ze zich doodschamen. Ze heeft nog niet verteld dat ze verkering heeft, omdat ze vermoedt dat haar moeder het niet zo leuk zal vinden. Thomas is drie jaar ouder, hij rookt, drinkt en gaat al uit. Ze is ook bang dat Alexander zich ermee zal bemoeien.
'Hé Thomas, gaan we nog wat doen? Of ben je ook braaf en keurig geworden, nu je verkering hebt met Miss Brabant?' Govert werpt een spottende blik op Rosa.
Rosa zou het liefst door de grond zakken. Maar ze wil zich niet laten kennen. Ze is nu met Thomas en niemand kan haar wat maken. Ze pakt Thomas' sigaret uit zijn vingers en neemt er een trekje van. Met moeite weet ze een hoestbui te onderdrukken. Als haar moeder haar nu ziet, is ze de klos.
'Miss Brabant? Miss Universe, zul je bedoelen! Alsof jij moeders mooiste bent,' zegt ze hooghartig. O, wat een stomme opmerking. Ze kan haar tong wel afbijten.

De jongens barsten in lachen uit. 'Hé Thomas, ze heeft wel gevoel voor humor, hoor!' roept Mark uit.
'Goed zo, moppie, bijt maar van je af,' zegt Thomas en hij geeft haar een zoen.
Govert grinnikt ook. 'Hé, kom op! Niet zo klef, Wiedema! Gaan we nog wat doen of niet? Balletje schieten?'
'Yesss! Boersmaatje pesten!' roept Mark. 'Goed idee. Kom op met die bal.'
'Waarom plagen jullie die man eigenlijk steeds?' vraagt Rosa.
'Hij heeft een keer onze bal stukgesneden en toen hebben wij hem de oorlog verklaard,' antwoordt Thomas.
'Waarom deed hij dat dan?'
'Omdat we aan het voetballen waren. En zijn garagedeur is nou eenmaal de beste goal.'
Rosa haalt haar schouders op. Ze vindt het stom, maar durft er niets van te zeggen, anders krijgt ze vast weer een opmerking.
Verliefd kijkt ze naar Thomas. Ze kan nog steeds niet geloven dat ze zijn meisje is. Hij is zo knap en stoer.
'Hé babe, ga eens even aan de kant. Meisjes horen niet op het voetbalveld,' roept Govert.
'Ik ben je babe niet en ik kan toevallig heel goed voetballen, hoor!'
'Laat zien dan!' roept Thomas lachend.
Rosa pakt de bal van Mark af, loopt een flink stuk achteruit, legt de bal op de grond en geeft er een enorme trap tegen. Met een grote boog vliegt hij over de tuinpoort van Boersma heen.
De jongens barsten in hoongelach uit. Rosa krijgt een knalrood hoofd.
'Hij... hij is volgens mij toch niet thuis,' stottert ze. O, wat een stommeling is ze toch. Waarom moet ze ook steeds zo stoer doen?
Thomas neemt een aanloop en springt tegen de schutting op.
'Ik pak hem wel effe.' Met een plof belandt hij aan de andere kant.
'Wauw, hé Goof! Moet je eens komen kijken, man. Dit is te gek hier!'
Rosa voelt een golf van misselijkheid door haar buik trekken. Als ze maar geen rotzooi gaan uithalen!

Govert hijst zich ook op en barst in lachen uit als hij over de schutting kijkt.
'Vet man! Dat lijkt de Efteling wel! Rosa, weet je zeker dat Boersma de hort op is?'
'Uuuh, ja, ik heb hem weg zien gaan... maar, wat gaan jullie doen?' vraagt Rosa gealarmeerd.
Mark neemt een aanloop en zwaait zichzelf ook over de schutting heen.
'Hé man! Vangen!' hoort ze Thomas uitgelaten roepen.
'Kraaaak!' klinkt het.
'Oooo, zijn koppetje, wat zielig nou...' schatert Govert.
'Hou op!' schreeuwt Rosa. Ze kan nog net opzij springen als er een tuinkabouter over de schutting vliegt. Hij is van steen en valt in stukken.
'Thomas, niet doen, alsjeblieft!' gilt ze. Maar de jongens luisteren niet naar haar.
Rosa weet maar één ding te bedenken.
'Thomas!' gilt ze met overslaande stem. 'Thomas, kom terug! Boersma komt eraan!'
Het is meteen stil aan de andere kant van de schutting. Rosa draait zich om en zet het op een lopen, in de richting van haar huis. Mijn schuld, mijn schuld, dreunt het bij elke pas door haar hoofd.

Nogmaals nachtelijk bezoek

Rosa zit op haar kamer en staart naar haar geschiedenisboek. Ze kan zich niet op de woorden concentreren. Ze kijkt op haar horloge. Nog een kwartiertje en dan is het half acht. Sprookjestijd. Haar echte leven is bepaald geen sprookje. Op school had ze vandaag een drie voor Engels en een vijf voor Nederlands. Thomas heeft ze sinds gisteren op het plein niet meer gezien en bij het eten heeft ze weer ontzettende ruzie met Alexander gehad.
Rosa zet de computer aan. Eerst naar de mailbox, om te kijken of er post is. Ha, een mail van Jonas. Eindelijk weer eens.

Aan:	Rosa van Dijk <rosa_vandijk@hotmail.com>
Van:	Jonas de Leeuw <jdl@xs22.nl>
Verzonden:	17 september 18.10
Onderwerp:	Emmy!

Hoi ouwe piraat,

Lang niks gehoord, hè? Dat komt omdat ik ook verliefd ben. Je zult het wel niet geloven, maar op Emmy. Ook tot over mijn oren. Ze is veel liever en leuker dan ik dacht en nu zijn we echt onafscheide-

lijk. We zijn al twee keer naar de film geweest en elke dag haal ik haar op om naar school te gaan, ook al is dat voor mij twintig minuten om. Ze is zo knap en lief. En ze kan geweldig goed zoenen. Ik ben inmiddels al een echte specialist. Ik hoop dat je dit niet erg vindt, als ex zijnde.
Nou, ik stop, want de telefoon gaat en ik denk dat het Emmy is.

Doeideboei!
Jonas, de gelukkigste brugpieper ter wereld

Rosa voelt de tranen in haar ogen prikken. Ze voelt zich ontzettend eenzaam. Niemand met wie ze kan praten. Niemand die haar begrijpt. Ze kijkt op haar horloge. Half acht.

Sprookjesprins: Hallo Bloem, hoe gaat het?
Bloem: Klote. Ik heb ruzie met alles en iedereen, slechte punten op school en huisarrest.
Sprookjesprins: Wat rot voor je, ik wou dat ik je kon opvrolijken. Zal ik een paar moppen vertellen?
Bloem: Nee, dank je. Ik denk dat ik ga weglopen.
Sprookjesprins: Naar sprookjesland zeker. Of het bos in, om de heks in haar huisje van peperkoek te zoeken.
Bloem: Ik meen het serieus, hoor. Ik hou het hier niet meer uit. Ik heb de hele tijd hartstikke ruzie met mijn stiefvader. Mijn moeder heeft net een liefdes-huilbaby gekregen en heeft totaal geen aandacht meer voor me. Ik heb geen vriendinnen hier. Mijn beste vriendje heeft verkering en laat nooit meer iets van zich horen. Dat vind ik heel erg. Ik heb het gevoel dat ik helemaal niet belangrijk ben. Als ik er niet zou zijn zou niemand mij missen…
Sprookjesprins: Ik zou je missen, hoor.
Bloem: Je kent me niet eens.
Sprookjesprins: Het gekke is dat ik het gevoel heb dat ik je al heel lang ken. Ik zou je best eens willen zien.
Bloem: Het schijnt dat het gevaarlijk is om afspraken te maken via het chatten.
Sprookjesprins: Ja! Boehoe! In het echt ben ik het monster van Frankenstein!
Bloem: En ik een heks die je gaat betoveren! Wraaah!

Sprookjesprins: Lach je nu?
Bloem: Als een boer met kiespijn, als een konijn met een kunstgebit, als een kip zonder kop.
Sprookjesprins: Ik lach nu wel.
Bloem: Pas op, val niet van je stoel af.
Sprookjesprins: Zullen we met elkaar e-mailen? Dan hoeven we niet steeds via de chatbox.
Bloem: Oké. Dan neem ik speciaal voor jou een meeladres. Bij hotmailcom. Ik noem het dan: *bloem@hotmail.com*, goed?
Sprookjesprins: Oké! Ik noem het mijne *sprookjesprins@hotmail.com*!! Gaaf! Hé, ik moet nu weg.
Bloem: Hè nou! Net nu het zo gezellig is. Ik wilde nog wat kletsen.
Sprookjesprins: Sorry.
Bloem: Moet je naar je meisje toe?
Sprookjesprins: Heb ik niet, weet je nog. Ik heb liefdesverdriet.
Bloem: Sorry. Ik denk alleen maar aan mezelf.
Sprookjesprins: Geeft niks. Een andere keer heb ik misschien een rotbui, en dan ben jij de sigaar. Heb jij eigenlijk verkering?
Bloem: Ik geloof het wel, maar ik weet niet of ik het nog wil. Ik snap soms niks van mezelf.
Sprookjesprins: Heb ik ook vaak, hoor. Luister naar je hart, dat is het best. En praat erover.
Bloem: Ja, opa. Ben jij eigenlijk wel achttien? Dit klinkt alsof een volwassene het zegt!
Sprookjesprins: Ja, hoor. Ik lieg heus niet. Ik ben gewoon enorm verstandig, haha. Grapje! Hé, ik moet er nu echt vandoor! Dag bloempje, laat je blaadjes niet hangen! Tot morgen, zelfde tijd, zelfde beeldscherm! Toedeloeibloei!

Rosa zucht treurig en zet de computer uit. Stomme computer. Wat stelt dit nou helemaal voor? Haar enige vriend is een sprookjesprins die verstopt zit in een computer. Zielig, hoor.
Zou hij haar niet willen zien? Maar goed ook misschien. Want als ze elkaar zouden ontmoeten zou hij merken dat ze gelogen heeft. Dat ze geen schoonheid is met donkere, schuinstaande ogen en haar tot op haar billen. En ze is ook geen zestien. Stom, stom, stom.
Beneden hoort ze Abeltje huilen. Ze zou nu het liefst in haar

moeders armen wegkruipen en haar vragen wat ze moet doen. Maar dat kan ze wel vergeten, mama heeft geen tijd voor haar. Rosa trekt haar kleren uit en doet haar pyjama aan. Het raam en de gordijnen doet ze dicht. Buiten op het plein hoort ze nog kinderen vrolijk gillen, maar ze wil er niks mee te maken hebben. Ze gaat in bed liggen met haar oortelefoons in. Ze rolt zich op tot een bal en knijpt haar ogen stijf dicht.

Met een schok wordt ze wakker van geklop op het raam. Door de gordijnen heen ziet Rosa dat het al donker is. In huis is het stil. Ze rent naar het raam en doet het open.
'Hé Blue Eyes! Sliep je al?' Lenig klimt Thomas naar binnen. Hij woelt door haar krullen en geeft haar een zoen, vol op haar mond. Zijn adem ruikt zoals gewoonlijk 's avonds laat naar bier en sigaretten. Niet lekker. Maar wat veel belangrijker is, is dat ze het dus niet verknald heeft. Thomas is nog steeds gek op haar!
Ze wrijft gauw de slaap uit haar ogen. 'Ja, ik sliep, ik was vroeg naar bed gegaan. Hoe laat is het dan?'
Thomas kijkt op zijn horloge. 'Half twee, schattepopje.'
'Half twee! Waar kom je vandaan dan? Heb je nog zo lang gewerkt?'
'Nee, hoor. Ben wezen swingen in de disco.'
Thomas doet een paar danspasjes voor en stoot een bloempot van de vensterbank.
'Sssjt!' fluistert Rosa geschrokken. 'Stil joh! Ze slapen allemaal.'
'Aha, goed zo,' zegt Thomas, 'dan hebben wij het rijk alleen. Kom eens gezellig naast me zitten, schoonheid!'
Schoonheid, denkt Rosa. Hij vindt me een schoonheid!
Thomas laat zich op het bed vallen en steekt een sigaret op.
'Gek! Dadelijk ruiken ze het beneden!' sist Rosa.
Thomas lacht en steekt zijn handen naar haar uit. 'O Blue Eyes, wees toch niet zo braaf en bang de hele tijd. Ze slapen nu toch? Dan ruik je toch niks? Kom eens hier!'
Vlinders fladderen door Rosa's buik, maar ze weet niet zeker of het van de zenuwen is of van verliefdheid. Eigenlijk wil ze nee zeggen. Maar ze durft het niet. Het is moeilijk om nee te zeggen. Ze wil hem niet kwijt en... Thomas is zo knap en populair, hij kan vast krijgen wie hij wil.

Opeens schiet het voorval met Boersma door haar hoofd. Ze heeft hem met de verrekijker begluurd toen hij gistermiddag thuiskwam.
Ze gaat op het bed zitten, zo ver mogelijk van hem af.
'Weet... weet je wel dat Boersma in huilen uitbarstte toen hij thuiskwam en al die onthoofde tuinkabouters op een rij zag staan?' Rosa durft hem niet aan te kijken.
Thomas schatert het uit.
'Huilde hij? Vet zeg! Net goed voor die ouwe gek!'
Rosa kijkt hem ontsteld aan.
Thomas ziet Rosa's blik en houdt op met lachen.
'Grapje! Je denkt toch niet dat ik dat meen, gekkie! Weet je, ik heb nog geprobeerd Mark en Govert tegen te houden. Maar ze waren niet te stoppen. Wat een dekselse kwajongens!' zegt hij met een ernstig gezicht. Dan proest hij het weer uit. Hij trekt haar naar zich toe en pakt haar gezicht vast. 'Doe nou eens niet zo serieus, kleine Blue Eyes. Wat maken zo'n paar tuinkaboutertjes nou uit? Wat veel belangrijker is, is dit...' Hij geeft een zoen op haar ene oog. 'En dat...' Een zoen op haar andere oog. 'Jouw mooie blauwe ogen en jouw mooie rozenmond.'
Rosa voelt dat ze week wordt van binnen. Dit is waar ze van gedroomd heeft. Waarschijnlijk halen alle jongens van Thomas' leeftijd wel eens streken uit. Ze moet inderdaad niet zo duf doen.
Thomas buigt zich over haar heen en duwt haar zachtjes achterover.
'O liefje,' fluistert hij. 'Ik ben heel erg gek op je, weet je dat wel?'
Rosa smelt nog meer. Yes! Yes! Hij is gek op haar!
'Ik ook op jou, Thomas.'
Ze laat haar handen over zijn spikes gaan. Dat voelt nou niet echt romantisch. Het is net alsof ze een stekelvarken aait. Rosa heeft moeite om niet te giechelen.
Ze kijken elkaar aan. Thomas heeft bruine ogen met groene spikkeltjes erin. De mooiste die ze ooit gezien heeft. Ze zucht diep. Hij drukt zijn mond op de hare en ze voelt zijn handen langs haar hals naar beneden glijden. Rosa probeert overeind te komen.
'Nee Thomas! Niet doen!' mompelt ze, maar haar woorden worden gesmoord door zijn kussen.

Op dat moment gaat de slaapkamerdeur open en daar staat Alexander met een slaperig gezicht.
'Rosa, is alles hier in orde? Ik moest naar de wc en toen rook ik een brandlucht...'
Alexander stopt midden in zijn zin. Hij kijkt verbijsterd.
Rosa en Thomas schieten overeind.
'Wat... wat... nou ja! Rosa! Wat krijgen we nou?' Met twee grote stappen is hij bij Thomas en sleurt hem van het bed.
'Wie ben jij? En wat doe je hier? Rosa, wat heeft dit te betekenen?'
'Ik, ik... h-hij...' stottert Rosa.
Thomas rukt boos zijn arm los en trekt zijn T-shirt recht.
Alexander grijpt hem bij zijn schouders en rammelt hem door elkaar.
'Wat doe jij hier? Hoe kom je hier binnen?'
'Uuh, ik uuh...' Thomas wordt knalrood. Hij kijkt naar de sigaret die op het tafeltje naast het bed ligt te smeulen.
Alexander volgt zijn blik. 'Aha, dat was het! Meneer zit hier gezellig een sigaretje te roken! Het is niet te geloven!' Alexander pakt de peuk en maakt hem uit onder de kraan van de wastafel.
Rosa trekt het dekbed op tot haar kin. Haar hart bonkt in haar keel. Hoe moet ze zich hier nu uit redden?
'Rosa, wat heeft dit te betekenen?' vraagt Alexander dreigend.
Thomas staart naar de grond en friemelt aan de zoom van zijn T-shirt.
'Hij... uuuhhh...'
'Ja, nou is het wel genoeg ge-uh! Vooruit, ik wil uitleg! En wel meteen!'
'Hij kwam gewoon op bezoek,' zegt Rosa. 'Enne wij, uuh, ik... ik heb verkering met Thomas... geloof ik.'
Alexander ziet eruit alsof hij ieder moment kan ontploffen. Een adertje klopt in zijn slaap.
'Gewoon op bezoek? Als een dief in het holst van de nacht? Verkering? Ben je nou helemaal gek geworden, Rosa? En ook nog bijna de boel in de fik steken?'
Er klinken voetstappen op de trap.
'Alex, waarom schreeuw je zo? Dadelijk wordt Abeltje...' Rosa's moeder slaakt een gil als ze Thomas ziet staan. 'Help, Alex! Een inbreker! Grijp hem!'

Ze rent naar Rosa toe en slaat haar armen om haar heen. 'Liefje, is alles goed? Heeft hij je iets gedaan?'
Thomas probeert onopvallend in de richting van het raam te schuifelen.
'Ik ben geen inbreker, mevrouw, en… en nu moest ik maar weer eens gaan. Het is al laat…'
Alexander beent op Thomas af en grijpt hem bij zijn arm.
'Niks daarvan, mannetje... Dus zo ben jij binnengekomen!'
'Wacht eens even,' zegt Rosa's moeder. Ze staat op en bekijkt Thomas. 'Ik ken jou. Ik heb jou wel eens op het plein gezien.'
'Uuuh, dat kan kloppen, mevrouw, ik woon op nummer 12.'
'Hij is mijn vriendje, mam,' fluistert Rosa bijna onhoorbaar.
'Nou ja, Roos! Heb jij al een vriendje? Waarom heb je me daar niks over verteld?' Haar moeder kijkt haar met grote ogen aan.
'Kan… kan ik nu gaan... ikke... uh, ik moet morgenvroeg de kranten rondbrengen en...'
Thomas draait zich om en steekt zijn been door het raam. Alexander trekt Thomas terug.
'Ho, ho, mannetje. Het lijkt me een prima idee dat je vertrekt, maar niet door het raam. Hier in huis gaan we meestal door de deur. En ik spreek morgen een hartig woordje met je, daar kun je op rekenen!'
Hij duwt Thomas de deur uit. In de deuropening draait hij zich om en kijkt Rosa dreigend aan.
'En met jou ook, dame!'

Aan: Esther Jacobs <esther@xs42.nl>
Van: Rosa van Dijk <rosa_vandijk@hotmail.com>
Verzonden: 18 september 14.32
Onderwerp: Woest!

Hoi Esther,

Balen, balen, balen. Ik heb huisarrest. Ik mag dit weekeind helemaal niet naar buiten. Ik zit al de hele dag op mijn kamer. Ik heb zelfs hier alleen moeten eten. Alexander is echt een tiran, een kindermishandelaar. Ik haat hem. Het is zo gemeen!

Ik ben hartstikke verliefd op Thomas en ik mag hem niet meer zien! Alleen maar omdat hij op mijn kamer geweest is zonder dat zij het wisten. Ik kreeg van Alexander ongelofelijk op mijn kop en toen heb ik hem uitgescholden.
Mam vindt het volgens mij helemaal niet erg als ik met Thomas omga. Zij begrijpt mij meestal wel. Maar ze zit hartstikke onder de plak van die plurk en ze komt niet voor mij op. Alexander zegt dat Thomas te oud voor me is en een slechte invloed heeft.
Ik ben echt woedend. Ze kunnen het me niet verbieden, ik ben al veertien! Alexander heeft gedreigd dat hij, als ik Thomas toch nog zie en me niet beter gedraag, mijn computer afpakt!
Wat een rotvent. Ik noem hem voortaan Alexander de Verschrikkelijke.
Ik ga weglopen, denk ik. Ik wil veel liever bij mijn vader wonen. Maar die Annemarie woont tegenwoordig bij hem en ik ken haar helemaal niet goed. Dus daar kan ik ook al niet heen.
Nou, ik ben zo woest dat ik niet verder kan schrijven. Meel gauw terug als je er bent, want ik weet echt niet meer wat ik moet doen.

Rosa

Rosa wacht en wacht. Maar er komt geen mail terug. Het zou ook wel heel toevallig zijn als Esther net achter haar computer zat. En bellen kan ook niet, want de telefoon staat beneden en haar moeder en Alexander zijn thuis.
Ze springt overeind en smijt een boek tegen de muur. Shit! Stomme rot-Alexander! Ze mist haar eigen vader enorm. Hij zou haar nooit zo'n straf geven.
Ze ziet hem zo weinig de laatste tijd. Pas in de herfstvakantie mag ze weer naar hem toe. Maar het rare is dat ze diep in haar hart ook kwaad op hem is. Ze kan niet begrijpen dat hij het ermee eens is dat ze elkaar zo weinig zien. Dat kan alleen maar betekenen dat hij niet echt om haar geeft.
Niemand houdt van haar. Haar moeder niet, die altijd maar met Abeltje bezig is, haar vader niet, die ver weg en verliefd op Annemarie is. Zelfs voor Jonas is ze niet meer belangrijk… Ze kon net zo goed dood zijn.

Rosa valt op haar bed neer. Met haar gezicht in de buik van haar beer gedrukt huilt ze tranen met tuiten.

Opeens waaien er flarden muziek door het open raam naar binnen. Rosa veegt haar gezicht af en snuit haar neus. Als ze haar hoofd door het raam steekt, ziet ze dat dat van Thomas openstaat. Daar komt het vandaan. Ze aarzelt. Aan de ene kant wil ze hem ontzettend graag spreken, na wat er gisterenavond gebeurd is. Ze wil hem vertellen over die stomme Alexander en de straf die ze gekregen heeft. Ze wil bij hem zijn en zich niet meer zo alleen voelen. Ze wil dat hij haar troost en dat hij tegen haar zegt dat ze lief en mooi is. Ze wil dat hij in haar oor fluistert: 'Rosa, ik hou van je. Ik zal er altijd voor je zijn.' Maar aan de andere kant twijfelt ze. Hij wil dingen waar zij nog niet aan toe is, en daar is ze bang voor. Hij luisterde niet toen ze nee zei. Hij rookt en drinkt bier. En hij deed gemeen tegen Boersma, dat was echt zielig.
Rosa loopt naar de spiegel. Ze heeft dikke, rode ogen van het huilen. Ze plenst wat koud water in haar gezicht. De muziek klinkt opeens luider. Het is een liedje dat ze leuk vindt en het lijkt haar te roepen.

Come on over,
Come on over, baby...

Een golf van zenuwachtige opwinding trekt door haar buik. Ik ga naar hem toe, denkt Rosa. Ik moet gewoon naar hem toe. Alexander kan de pot op. Hij merkt het toch niet als ik even weg ben. Ik ga over het dak. Als Thomas het kan, kan ik het ook. Yesss! Dat doe ik. En dan merkt hij ook dat ik geen watje ben. Dat ik ook heus wel wat durf.
Gauw spuit ze een wolk ademfris in haar mond en doet wat zilveren oogschaduw op. Ze bekijkt zichzelf van dichtbij. Zo gaat het best wel weer. Blue Eyes gaat ervandoor.

Een ongeluk

Rosa stapt met bibberende benen uit het raam. Ze kijkt naar beneden. Het is toch wel heel erg hoog. Als ze valt, is ze hartstikke dood!
Ze drukt zich dicht tegen de dakpannen aan en schuifelt stapje voor stapje door de goot. Als nu maar niemand naar boven kijkt, het is nog niet helemaal donker. Nog een paar meter...

I was made for loving you, baby
I was made for loving you...

Thomas heeft de muziek nog harder gezet. Wat zal hij verrast zijn als hij haar ziet...
Rosa is bij het raam. Haar handen zweten en haar benen trillen, maar het is haar gelukt.
Ze duwt het raam wat verder open en gluurt naar binnen.
Nog net kan ze een kreet van afgrijzen onderdrukken. Thomas ligt op zijn bed, in innige omhelzing met een half uitgekleed meisje met donker haar.
Rosa's hart begint luid te bonken. Gauw trekt ze haar hoofd terug en ze drukt zich tegen de dakpannen aan. Een golf van duizeligheid trekt door haar heen. Weg, ze moet zo snel mogelijk weg, voordat hij haar ziet. Op dat moment glijdt haar rechtervoet uit en ze valt...

'Hééélp! Thomas, help!' gilt Rosa zo hard als ze kan. Met beide handen klemt ze zich vast aan de dakgoot. Ze slingert heen en weer.
'Thomaaas! Thomas, hééélp! Alsjeblieft, kom gauw!'
Ze houdt het niet meer, haar handen zijn vochtig, ze krijgt kramp. De muziek staat te hard. Hij hoort haar niet!
'Thooomaaas!'
Maar haar stem komt niet boven de harde muziek uit. Rosa durft niet naar beneden te kijken. O nee, ze wil niet dood, ze meende het niet.
'Hééélp! Help me!' gilt Rosa. Ze hangt nu stil. Haar linkerarm begint te trillen. Dit houdt ze niet lang meer vol. Ze tast met haar voeten langs de muur, maar vindt geen steun. De tranen stromen over haar wangen. Het kan toch niet dat haar leven zo eindigt? Of... of dat ze haar benen of haar rug breekt en in een rolstoel belandt? Nee, nee!
'Papaaa, mamaaa... Alexander!' gilt Rosa met overslaande stem.
Plotseling hoort ze iemand beneden roepen.
'Hou vol, hou vol! Meisje, niet loslaten, ik ga hulp halen!'
Ze kent die stem, maar ze kan zich niet herinneren van wie hij is. Ze hoort iemand rennen, gegil, een deur open- en dichtslaan, dan nog meer stemmen.
'Rosa!' klinkt de stem van Alexander. 'Niet loslaten, ik kom eraan!'
'Rosa! Liefje! Hou vast!' Dat is haar moeder.
Rosa bijt op haar lippen. Ze kan niet meer, maar ze moet. Vasthouden. Kramp trekt door haar vingers naar haar schouders. Maar ze wil niet vallen, ze wil niet... ze wil niet... vallen...
Alexander verschijnt in de raamopening boven haar. Hij is buiten adem en ziet spierwit. Thomas staat naast hem, met zijn haren in de war en ogen groot van schrik. Alexander zwaait zijn benen uit het raam en laat zich in de dakgoot zakken. Met één hand houdt hij zich vast aan het raamkozijn, zijn andere hand slaat hij om Rosa's pols heen. 'Jongen, wat sta je daar nou! Bel de politie, onmiddellijk!' schreeuwt hij naar Thomas. 'Ik krijg haar niet omhooggehesen zo! Ze is te zwaar! Schiet op!'
Rosa verliest alle gevoel voor tijd. In de verte klinkt een gillende sirene.

'Ik hou het niet meer, ik hou het niet!' snikt Rosa. 'Ik heb kramp! O, Alexander, trek me omhoog! Ik wil niet dood!'
'Het lukt me niet, ik kan mijn andere hand niet loslaten!' schreeuwt Alexander in paniek.
Ze voelt dat zijn hand, die haar pols bijna fijnknijpt, begint te trillen. De sirene is nu heel dichtbij.
'Hou vol, liefje,' gilt haar moeder van beneden. 'Alexander, laat haar alsjeblieft niet los!'
Rosa kijkt over haar schouder naar beneden. Er staan inmiddels heel veel mensen op het plein. Ze gillen en roepen door elkaar. Dan ziet ze vanuit haar ooghoek twee brandweermannen de tuin onder haar in rennen, met een ladder tussen hen in.
'Hou vol, Rosa, nog even, nog even!' schreeuwt Alexander.
Het wordt zwart voor Rosa's ogen. Ze voelt dat Alexander zijn grip begint te verliezen. Zijn vingers glijden weg.
Precies op dat moment voelt ze een paar armen zich stevig om haar benen sluiten.

Aan: Esther Jacobs <esther@xs42.nl>
Van: Rosa van Dijk <rosa_vandijk@hotmail.com>
Verzonden: 18 september 22.47
Onderwerp: Bijna dood!

Hoi Es,

Er is vanavond iets vreselijks gebeurd. Ik was bijna dood! Echt waar!
Ik heb zo'n spierpijn in mijn vingers dat ik nauwelijks kan typen, en mijn pols is helemaal blauw.
Ik was over het dak naar Thomas gegaan, en toen zag ik door het raam dat hij met een ander meisje lag te zoenen. Ik schrok me te pletter en daardoor gleed ik uit. Ik kon me nog net vasthouden aan de dakgoot. Ik ben gered door Alexander en de brandweer, maar vooral door meneer Boersma. Hij woont aan de overkant van het plein en hij zag me bungelen. Thomas hoorde me niet gillen, omdat hij de muziek keihard had aanstaan. Ik ben nog nooit in mijn leven zo bang geweest, joh! Het was echt een nachtmerrie. Ik snap echt

niet hoe ik het volgehouden heb. Ik weet ook niet hoe lang ik daar gehangen heb. Ik denk wel minstens een uur. Het was vreselijk! Maar... ik leef nog. Gelukkig maar. Weet je, de laatste tijd was ik best wel eens somber, en dan dacht ik dat ik net zo goed dood kon zijn. Maar nu weet ik dat dat onzin was. Ik ben zo blij dat ik nog leef! Maar het is gewoon niet makkelijk thuis, met Alexander en zo. Hij was hartstikke kwaad en mam helemaal overstuur. Nu zit ik op mijn kamer en zij hebben beneden knallende ruzie. Ze schreeuwen tegen elkaar. Mijn moeder geeft Alexander de schuld dat dit gebeurd is, omdat hij zo streng tegen me is en me huisarrest had gegeven. Ik weet niet of ik het wel zo leuk vind dat ze ruzie hebben. Dadelijk gaan ze scheiden en dan is het mijn schuld, omdat ik niet met hem kan opschieten. Ik heb soms best wel de pest aan hem, maar dat wil ik nou ook weer niet. Hij is toch de vader van Abeltje en mijn moeder houdt van hem.
Het is een rommeltje in mijn hoofd, ik kan niet meer goed nadenken. Ik denk dat ik in een ernstige shock verkeer. Zo heet dat toch? Ik kan minstens een maand niet naar school, want ik moet dit eerst verwerken. Anders krijg ik er spiegische problemen mee. Nu begin ik nog melig te worden ook. Van de schrik.
Weet je wie dat meisje was met wie Thomas lag te vrijen?
Ik geloofde mijn ogen niet. Het was Karien! Ze zit bij mij in de klas. Vorig jaar zat Thomas ook op mijn school en toen zat zij in de brugklas, daar kent ze hem van.
Thomas, die lafaard, durfde zich niet te laten zien toen ik gered was. Uit angst voor Alexander, denk ik, en voor mij, maar Karien kwam meteen naar mij toe gerend. Ze moest van schrik heel hard huilen. Toen de brandweermannen klaar waren met mij op mijn kop te geven omdat ik op het dak geklommen was, ging ze met ons mee naar huis, en Boersma ook. Alexander gaf iedereen een borrel voor de schrik. Behalve Karien en mij natuurlijk. Toen ze hoorde dat Thomas ook met mij verkering had, sprong ze overeind en zei: 'Wat een zak, die Thomas. Ik had al zo'n gevoel... En hij zei nog wel dat ik de enige voor hem was, dat hij nooit naar andere meisjes omkeek. Ik ga het nu direct uitmaken. Ik zal hem wel eens vertellen wat ik van hem vind!'
Haar ogen spoten gewoon vuur, joh! Ze vertelde ook dat zijn troetelnaampje voor haar Brown Eyes was, en mij noemde hij Blue

Eyes. We lagen dubbel van het lachen. Veel fantasie heeft die stroopwafel niet! Ik vind Karien heel aardig. Ze is eerlijk en maakte me aan het lachen, ondanks dat ik nog zat na te trillen van de schrik.
Ik ga het natuurlijk ook uitmaken. Ik wil hem nooit, nooit meer zien. En ik ben heus niet zo'n slappeling als Sascha, want die heeft het dus weer aan met Theo. Maar dat wist jij vast al.

Ik denk dat ik nu wel minstens een jaar huisarrest krijg. Nou, ik ga slapen, mijn hoofd tolt en alles doet pijn.

Doei, Rosa

Een liefdesbrief met dorens

Rosa bijt op haar nagels. Ze zit op een bankje in het park, naast Thomas, die haar hand vasthoudt en haar smekend aankijkt. Eigenlijk is ze ontzettend kwaad op zichzelf. Ze had niet moeten gaan, maar ze kon het niet laten. Wat een slappeling is ze, ze heeft het karakter van een bord vla.
Thomas had vannacht een brief op haar vensterbank gelegd, met een rode roos erbij. Het was een echte liefdesbrief. Haar allereerste.

Liefste Rosa,

Ik ben zo blij dat je nog leeft.
Ik ben zo geschrokken. Ik zie de hele tijd je prachtige blauwe ogen voor me. Ze achtervolgen me in mijn slaap. Ik vind het vreselijk dat het uit is.
Vergeef me. Het spijt me ontzettend.
Morgen na school wacht ik op je in het park.
XXXX Je Thomas

'Rosa, je moet me geloven. Karien betekent helemaal niks voor me. Ik hou alleen van jou, echt waar.' Thomas houdt Rosa's gezicht teder tussen zijn beide handen en kijkt haar diep in haar ogen.

'Maar... maar waarom lag je dan met haar te zoenen?'
'Dat was een vergissing. Karien is al een hele tijd gek op me. Zij heeft me verleid. Ik wilde helemaal niet.'
Rosa trekt zich los en draait zich van hem af. Wat moet ze nou doen? Zou hij het echt menen? Ze weet het gewoon niet meer.
Thomas streelt Rosa over haar wang. 'Rosa, hou je nog een klein beetje van me?'
Ze keert zich naar hem toe en knikt.
Het karakter van een bord vla, dat krijg je dus als je verliefd bent.

Als Rosa die middag thuiskomt, gaat ze meteen naar haar kamer en kruipt in bed. Ze wil weg. Slapen. Nergens meer aan denken. Maar om half acht staat ze toch weer op. Met gekruiste vingers zet ze de computer aan. O, wat hoopt ze dat hij er is.

Sprookjesprins: Ha Bloempje, hoe is het er nou mee?
Bloem: Ik zit in de puree.
Sprookjesprins: Hoezee, hoezee, zij zit in de puree.
Bloem: Nee, meelbal. Echt. En jij bent de enige met wie ik erover durf te praten.
Sprookjesprins: Omdat je me niet kent?
Bloem: Ik denk het. Maar ik heb ook het gevoel dat ik alles tegen je kan zeggen. Jij zult geen preek afsteken, of me uitlachen, of me op mijn kop geven.
Sprookjesprins: Vertel het eens aan oom Prins.
Bloem: Oom Meelbal zul je bedoelen.
Sprookjesprins: Ook goed. Wat is er aan de hand?
Bloem: Het is nogal ingewikkeld. Ik heb nog steeds verkering met die jongen. Maar het mag niet van mijn moeder en mijn stiefvader. Omdat hij zogenaamd een slechte invloed op me heeft en meer van dat soort onzin. Maar ik ben hartstikke gek op hem, ik kan er niks aan doen. Hij ziet er echt gaaf uit, met zijn mooie bruine ogen en stoere spikes. Hij geeft me het gevoel dat ik de moeite waard ben, en hij is onwijs lief, ook al doet hij soms rare dingen.
Verder heb ik een nieuwe vriendin, ze heet Karien en ze is heel aardig. Zij was ook op hem en hij zoende ook met haar. Toen ik dat in de gaten kreeg, heb ik het natuurlijk uitgemaakt en zij ook. Daarom

zijn we vriendinnen geworden. Maar nu heb ik het toch weer aangemaakt en Karien weet dat niet. Snap je er nog wat van?
Sprookjesprins: Ja hoor, ik zei je toch dat ik een mega-superbrain heb. Dus je hebt in het geheim verkering.
Bloem: Ja. Ik heb het gevoel dat ik iedereen al een paar weken zit te belazeren. Ik moet alles stiekem doen en de hele tijd liegen.
Sprookjesprins: Als je jezelf maar niet belazert.
Bloem: Wat bedoel je?
Sprookjesprins: Weet je wel zeker dat die jongen goed voor jou is, ook al doet hij 'rare' dingen?
Bloem: Dat is weer zo'n volwassenen-vraag. O jee, mijn moeder komt mijn kamer binnen, moet nokken! Doei! Ik stuur straks wel een meeltje, goed?
Sprookjesprins: Oké, ook doei!

Rosa gaat op haar bed liggen. Ze pakt haar beer en rolt zich op. Waarom brak ze het nou opeens af? Ze voelt de tranen alweer in haar ogen prikken. Ze weet het wel. Jasper, de sprookjesprins, had gelijk. Ze houdt zichzelf wél voor de gek. Een klein beetje. Of een beetje veel?
Bepaalde dingen van Thomas wil ze niet zien, omdat het zo heerlijk voelt om verliefd te zijn.
Maar sommige zaken kloppen niet. Thomas vertelde gisteren dat hij dringend geld nodig had, en vroeg of zij hem wat kon lenen. Ze had vijf euro bij zich, haar zakgeld van een hele week. Toen ze het hem gaf, moest hij lachen. Hij knuffelde haar en vroeg of het een grapje was. Hij had veel meer nodig, zei hij, maar hij wilde niet zeggen waarvoor. En hij had gezegd dat als ze echt om hem gaf, ze hem wel zou helpen. Ze kon het toch wel van Alexander 'lenen'?
Pikken dus. Want ze had hem een paar dagen geleden het verhaal van haar oranje haar verteld, en van het geld dat ze gestolen had om verf te kunnen kopen.
Plotseling moet Rosa ook denken aan het geld onder haar kussen, dat opeens weg was.
Er zit iets goed fout bij Thomas, maar eigenlijk wil ze het niet weten. Ze wil alleen dat de verliefdheid doorgaat. Waar zou hij dat geld voor nodig hebben? Hij werkt toch in de snackbar?

Alhoewel... De laatste tijd gaat hij daar niet meer heen. Maar ze kan hem toch niet laten stikken? Thomas zei: als je van iemand houdt, help je hem. Dat is toch waar? Of niet altijd?
Ze heeft soms het gevoel dat ze heel langzaam in een moeras wegzinkt. Het lijkt alsof van de ene leugen vanzelf de andere komt. Ze heeft ook al haar tussentijdse cijferlijst van school, die heel slecht was, weggegooid. En Karien, die hartstikke aardig is, bedriegt ze.
Ze moet het uitmaken met Thomas.
Bij die gedachte begint Rosa hard te huilen. Ze zal hem zo missen. Nee, dat kan niet. Het is zo heerlijk, die gestolen uurtjes samen met hem. Hij is zo lief voor haar. Hij zegt zulke lieve dingen.
Ze veegt haar tranen weg, loopt naar de trap en luistert. Alexander en haar moeder zitten voor de televisie. Ze hoort vaagjes de stem van de nieuwslezer. Vaste prik, ze kijken altijd naar het journaal.
Rosa sluipt naar beneden.

Thomas' ware gezicht

'Hier, twintig euro.'
Thomas geeft haar een zoen. 'Geweldig, je bent een schat. Had hij niet meer?'
Rosa schudt haar hoofd. 'Dat zou opvallen. Ik knijp hem al ontzettend. Als hij het merkt...'
Ze schaamt zich dood. Ze is een dief. Dit is al de derde keer deze week. Een keer dertig euro van mama en twee keer twintig van Alexander. Haar maag zit ervan in de knoop.
'Waarvoor heb je het nou nodig?'
'Wat denk je?' Thomas pakt een pakje shag en begint een sigaret te draaien. Uit zijn broekzak trekt hij een klein plastic zakje. Er zitten gedroogde, dicht op elkaar gepakte blaadjes in. Hij verpulvert wat van het goedje en verspreidt het tussen de tabak.
'Gebruik jij drugs?' vraagt Rosa geschrokken.
Thomas likt de sigaret dicht, steekt hem aan en inhaleert diep. Hij barst in lachen uit. 'Drugs! Noem jij een beetje wiet drugs? Gekkie! Kleine keurige meid van me!' Hij probeert haar naar zich toe te trekken, maar Rosa rukt zich los.
'Waarom doe je dat eigenlijk?'
Thomas neemt nog een diepe trek en knijpt zijn ogen half dicht. 'Waarom? Omdat het lekker is. Als je stoned bent, zijn alle scherpe kantjes eraf. Dan is alles eenvoudiger en makkelijker.'
'Je verdooft jezelf gewoon!'

'Ja, precies. En wat is daar mis mee? Net alsof het allemaal zo leuk is in de wereld. Baal jij soms niet enorm van alles?'
'Jawel, maar dan helpt het toch niet om jezelf suf te blowen. Daar schiet je toch niks mee op? Als je niet meer stoned bent, is alles weer precies hetzelfde, hoor. Of nog erger!'
'Je lijkt mijn moeder wel. Kom op, heilig boontje, doe een beetje cool. Trekje?'
Hij houdt de dikke sigaret voor haar neus. Rosa trekt haar neus op en duwt hem weg.
'Bah, het stinkt.'
Thomas graait in zijn andere zak. Hij haalt een zakje met kleine, roze pilletjes tevoorschijn. 'Kijk, Blue Eyes, dit stinkt niet. Ecstasy. Ga je verrukkelijk van zweven. Wil je die liever? Dan spaar je je mooie schone longetjes. Maak toch eens een beetje plezier in je leven, meid!'
Rosa duwt zijn hand weg.
'Als je dat plezier noemt! Ik ga naar huis, de groeten. En ik heet geen Blue Eyes. Kun je niks originelers bedenken, of zijn je hersens pudding geworden door die rotzooi?'
Ze draait zich om en beent weg. Hier wil ze niks mee te maken hebben. Hoe kon ze zo stom zijn? Hoe kon ze in hemelsnaam verliefd zijn op hem? Wat een sufferd is ze, dat ze gevallen is voor mooie praatjes en lange wimpers!
Thomas is vliegensvlug bij haar en grijpt haar arm.
'Wacht eens even, dame. Niet zo haastig. Wat ga je doen?'
'Dat zei ik toch, naar huis. Laat me los.'
Thomas verstevigt zijn greep.
'Ik laat je niet gaan, ik hou van je. Ik heb je nodig, liefste.'
Rosa kijkt hem met felle ogen aan. 'Je bent gek! Heb je mij nodig of het geld dat ik je geef? Of je drugs?'
Thomas glimlacht en strijkt door haar haar. Ze ziet dat zijn pupillen heel groot zijn en zijn blik is wazig.
'Lieve Blue Eyes, wat haal je je toch in dat mooie hoofdje van je? Ik ben dol op je. Dat weet je toch wel? Je bent het liefste wat ik heb.'
Rosa voelt haar tranen opwellen. Wat heeft ze verlangd naar deze woorden. Hoe vaak heeft ze ervan gedroomd? Maar niet zo. Dit is geen liefde.

Meespelen maar. Ze geeft hem een snelle zoen op zijn wang.
'Ik weet dat je om me geeft, Thomas. Maar ik moet echt gaan, gisteren was ik ook te laat voor het eten. Ik krijg anders weer hartstikke mot.'
Ze loopt weg en heeft moeite om het niet op een rennen te zetten.
'Rosa!'
Ze draait zich om. Thomas heeft zijn joint in een mondhoek en staat met de handen in de zij.
'Je zegt er thuis niks van, hè?'
'Nee, natuurlijk niet.'
'Als je het toch doet, vertel ik hun dat jij geld steelt. En dat je nog steeds met mij omgaat, en dan is het: bye bye computer.'
Rosa's maag draait om. Dit is dus Thomas' ware gezicht.
Maar wat is het hare?

Ontmoeting met een fee

Bloem: Jasper, ik ga weglopen. Ik doe het echt. Ik weet niet meer wat ik moet doen.
Sprookjesprins: Wat is er gebeurd?
Bloem: Geweldige ruzie. Hij heeft me geslagen!
Sprookjesprins: Wie?
Bloem: Mijn stiefvader.
Sprookjesprins: Waarom?
Bloem: Dat doet er niet toe. Alles is mis. Ik heb enorm de pest aan mezelf. En iedereen heeft de pest aan mij. Mijn vriendin is woedend. Ze is erachter gekomen dat ik nog met die jongen ging. Ze heeft me gezien in het park. En ik wil het uitmaken met hem, maar ik durf het niet. Mijn verliefdheid is als een zeepbel uit elkaar gespat. Ik ben zelfs bang voor hem.
Mijn stiefvader haat me en mijn moeder geeft niks meer om mij, ze heeft het veel te druk met andere dingen. Ik denk dat ze mijn computer gaan afpakken en dan ben ik jou ook kwijt.
Sprookjesprins: Rustig nou maar. Kan ik je helpen? Sprookjesprinsen redden altijd prinsessen. En ze doden draken!
Bloem: Kon je het maar.
Sprookjesprins: Ik kan het! Ik spring al op mijn paard!
Bloem: Ik zou niet weten wat je kon doen. Ik ga gewoon weg, dat is het beste.
Sprookjesprins: Waar naartoe dan?
Bloem: Ik weet het niet. Ik denk naar Den Bosch. Daar wonen vrien-

dinnen van mij. Daar heb ik vroeger gewoond.
Sprookjesprins: In Den Bosch?
Bloem: Ja. Ik ga dadelijk, voordat ze terugkomen. Ik heb mijn rugzak al ingepakt.
Sprookjesprins: Doe nou niet. Alsjeblieft, het is hartstikke dom.
Bloem: Laat nou maar, je kunt me er niet vanaf praten, ik ga toch.
Sprookjesprins: Heb je wel geld?
Bloem: Nee, nauwelijks.
Sprookjesprins: Ik vind het echt superstom. Weglopen helpt toch niks. Dat is vluchten.
Bloem: Ja, ik vlucht. Ik wil hier niet meer wonen. En niemand zal me missen. Doei.

Rosa zet de computer uit. Haar ogen zijn opgezwollen en schrijnen van het huilen. Dat die rot-Alexander haar durfde te slaan. Een harde klap om haar oren. En mama stond erbij en deed niks. En het was een kwestie van tijd voor hij erachter zou komen dat ze geld pikte. En deze keer was ze ook echt stom. Er zat nog maar één briefje van vijftig in en dat had ze eruit gehaald. Voor Thomas. Omdat hij gedreigd had alles te verlinken. Alexander betrapte haar op heterdaad. En nu is hij naar haar mentor toe, om met hem te praten. Terwijl het zaterdag is! En dan zal hij vast en zeker te horen krijgen dat ze veel spijbelt, en van de briefjes horen die ze zelf geschreven heeft. Ze zit ongelofelijk in de puree, dat is zeker.
Rosa bekijkt zichzelf in de spiegel. Is zij dat, dat meisje met die zwartomrande ogen en dat bleke, ongelukkige gezicht? Ze wilde veranderen, hip en cool worden. Maar niet zo. Niet oneerlijk en gesloten en vol leugens. Met haar oogpotlood trekt ze een groot kruis door haar spiegelbeeld.

Een uur later zit Rosa in de trein en staart naar buiten. Ze heeft geprobeerd Esther en Sascha te bellen, maar kon hen niet bereiken. Esthers moeder nam op en haar durfde ze niet te vertellen wat er aan de hand was. Maar ze zou vanavond thuis zijn.
Rosa heeft buikpijn van de zenuwen. Als de conducteur dadelijk langskomt, zal ze een smoes moeten ophangen. Ze heeft er wel twintig bedacht om te verklaren waarom ze geen kaartje heeft.

Misschien kan ze beter op de wc gaan zitten... Elke keer dat de deur van de coupé opengaat, verstijft ze van schrik.
Zou mama al in de gaten hebben dat ze weg is? Ze hoopt het maar. En ze hoopt ook dat zij en Alexander verschrikkelijke spijt krijgen en heel erg ongerust worden. In Utrecht moet ze overstappen. Het liefst zou ze meteen de trein weer terug naar Groningen nemen, in haar moeders armen vallen en haar alles vertellen. Zeggen dat het haar spijt. Dat ze nooit meer zo brutaal en stiekem zal doen en nooit meer een cent zal pikken. Dat ze de oude Rosa weer zal worden.
Rosa voelt een traan langs haar wang druppelen. Ze draait haar hoofd naar het raam en probeert hem onopvallend weg te wrijven. Er zitten niet veel mensen in de coupé. Tegenover haar zit een mollige, zwarte oude vrouw, in een knaloranje met roze gebloemde jurk. Ze neuriet een liedje terwijl ze naar buiten kijkt. Als ze ziet dat Rosa naar haar kijkt, geeft ze haar een knipoog. Gauw kijkt Rosa de andere kant op.
Was ze maar wat moediger. Durfde ze Thomas maar recht in zijn gezicht te zeggen dat ze niet meer meedoet, en dat ze geen verkering meer wil. Ze denkt terug aan de survivaltips die ze Esther schreef. Het lijkt een eeuwigheid geleden. Hoe overleef ik mijn eerste zoen? Hoe maak je het aan? Nu heeft ze tips nodig over hoe je het uitmaakt.
Wat een puinhoop. Haar schouders schokken.
De oude vrouw tegenover haar rommelt in haar enorme, kanariegele tas en haalt er een pakje papieren zakdoekjes uit.
'Hier kindje, snuit je neus eens. Wat een verdriet. Kan ik iets voor je doen?'
Rosa haalt haar neus op en neemt het pakje aan. Ze schudt haar hoofd en probeert haar tranen te bedwingen. De vrouw klopt vriendelijk op haar knie. Ze heeft wel tien ringen om haar vingers.
'Waar ga je naartoe, moppie?'
Rosa wil zeggen: bemoei je er niet mee, laat me met rust. Maar ze is zo verdrietig dat ze bijna in staat is haar hoofd in de schoot van die vrouw te leggen en het uit te brullen. Ze doet het niet natuurlijk. Ze bijt op haar lippen, kijkt naar buiten en probeert haar gezicht in de plooi te krijgen.

De schuifdeur gaat open.
'Vervoersbewijzen, alstublieft!'
O, nee!
De vrouw zoekt omstandig in haar tas, terwijl de conducteur toekijkt. Rosa keert zenuwachtig al haar zakken binnenstebuiten.
'Ah! Hier is het,' roept de vrouw triomfantelijk uit. Ze lacht haar spierwitte tanden bloot en krijgt kuiltjes in haar dikke wangen. 'Alstublieft, conducteurtje!'
Zonder te kijken zet de conducteur er een stempel op. 'Dank u, dame. Vervoersbewijs, jongedame!'
Het zweet breekt Rosa uit. 'Ik... ik...'
De conducteur trekt vragend zijn wenkbrauwen op. Rosa voelt haar gezicht vuurrood worden en doorzoekt nog een keer haar jaszakken.
'Kun je het niet vinden?' vraagt de oude dame op strenge toon. 'Jojanneke, ik zei je daarnet nog: geef het kaartje aan mij, voordat je het kwijtraakt.' Ze schudt haar hoofd en kijkt berispend. 'Wat ben je toch een sloddervos, moppie.'
Rosa bloost en buigt zich over haar rugzak. Ze voelt een giechelbui opkomen. Jojanneke… Hoe verzint ze het!
De conducteur wordt ongeduldig. 'Kom op, dametje, ik heb niet de hele dag de tijd!'
'Ik... ik heb het niet meer…' stottert Rosa. 'Ik denk... ik ben het verloren, denk ik, op het station… Toen ik... toen we naar de trein renden…'
Zuchtend trekt de vrouw haar portemonnee uit haar tas.
'Waar kom je vandaan en waar moet je heen?' vraagt de conducteur met een achterdochtige blik.
De vrouw trekt haar wenkbrauwen op en kijkt haar vragend aan. 'Gut, gut, waar gingen we nou ook maar weer heen, Jojanneke?'
'Uuuh, naar Den Bosch, uuuh… oma, u bent echt een beetje vergeetachtig aan het worden, hoor,' zegt Rosa met vuurrode wangen.
'Oma? Is dat je oma?' vraagt de conducteur achterdochtig.
'Ja meneertje. Ziet u dat niet? Ze lijkt toch sprekend op me? Mijn kleindochter heeft ook krullen, alleen de mijne zijn grijs. Ik was vroeger ook blond, hoor!'
De conducteur wordt knalrood.

'Waar komt u vandaan?' zegt hij bars.
De oude dame kijkt Rosa vragend aan.
'Liefje, zeg nu niet weer dat ik naar het bejaardentehuis moet. Vertel deze aardige meneer gewoon waar we vandaan komen.'
Rosa bijt op haar lippen om niet in een lachbui uit te barsten.
'We komen uit Groningen, oma. Daar zijn we bij... bij tante Miep op bezoek geweest.'
'Tante Miep? Ik dacht dat we bij Truus waren! Was dat Miep?'
De zwarte dame kijkt Rosa over haar brillenglazen aan. Ze begint plotseling ook met haar hoofd te knikken en met haar handen te bibberen. 'Moppie, je zit je ouwe oma er toch niet tussen te nemen?' Ze knijpt Rosa in haar wang.
'Is het nou afgelopen met die poppenkast!' roept de conducteur kwaad uit. 'Ik wil een kaartje zien!'
'Maak je niet dik, conducteurtje. Geef maar gewoon een nieuw retourtje Groningen-Den Bosch.' Ze doet haar portemonnee open, haalt er een briefje van vijftig uit en wappert ermee voor zijn neus. Ze geeft Rosa weer een dikke knipoog.

Als de conducteur weg is en ze uitgelachen zijn, buigt de zwarte vrouw zich naar Rosa toe en legt een rimpelige hand op haar knie.
'Laat me raden, Jojanneke. Je bent weggelopen van huis, nietwaar?'
Rosa giechelt en knikt verlegen.
'En je hebt zeker al honderd keer bedacht hoe hard iedereen zal huilen op je begrafenis, hè?'
'Hoe weet u dat nou?'
'Ach moppie, ik ben ook jong geweest. Ik ben er wel twintig keer vandoor gegaan. Met knallende deuren en veel theater.'
Rosa staart haar met grote ogen aan. 'Echt waar? En hoe lang bleef u dan weg? Waar ging u dan heen?'
De oude dame lacht. 'Ach moppie, als ik die verhalen allemaal ga opdiepen kunnen we doorrijden tot Moskou. Maar het gaat nu om jou. Vertel oma maar eens wat je plannen zijn.'
'Ik ga naar Den Bosch. Daar wonen twee vriendinnen. Ik wil nooit meer terug naar huis.'
'En blijf je daar dan wonen?'
Rosa haalt haar schouders op. De vrouw houdt haar een rol pepermunt voor. Dankbaar stopt Rosa er eentje in haar mond.

'Ik weet nog niet wat ik ga doen. Ik ben gewoon weggerend en ik heb er verder niet over nagedacht. Ik wilde weg zijn voordat mijn stiefvader en moeder weer thuiskwamen.'
'Zo, zo... een boze stiefvader. Is hij echt zo erg?'
'Soms... Maar ik ben ook best erg, hoor. Mijn moeder heeft een baby van hem. Hij heet Abeltje.' Opeens mist ze Appie, vreemd genoeg.
'Och, Abeltje, wat een leuke naam.' De vrouw kijkt haar onderzoekend aan. 'Ben je jaloers op hem?'
Rosa schrikt. Ze lijkt echt wel helderziend.
'Zo moeilijk is het niet om dat te raden, hoor,' zegt de vrouw als ze Rosa's beschaamde gezicht ziet. 'Dat ligt er toch dik bovenop, dat je een beetje jaloers zou zijn? Je moeder had het ook kunnen weten.'
Rosa krijgt weer tranen in haar ogen en probeert de brok in haar keel weg te slikken.
'Ze had helemaal geen tijd meer voor me... ze was alsmaar met hem bezig. Zijn geboorte was heel moeilijk en ze heeft een hele tijd in het ziekenhuis gelegen en toen moest ik voor mezelf zorgen en...'
De zwarte vrouw staat op en gaat naast haar zitten. Ze legt een dikke, gebloemde arm om haar heen. Ze ruikt naar lelietjes-vandalen en naar kruiden.
'Och... och, meisje toch. Het is ook moeilijk. Het is niet eenvoudig om gewoon te zeggen: mama, ik heb ook aandacht en knuffels nodig. En een nieuwe vader is ook niet niks. Dat is voor beide partijen flink wennen.'
'Hij... hij is mijn vader niet...' zegt Rosa huilend. 'En hij moet ook niet doen alsof...'
'Leeft je echte vader nog wel?'
'Ja natuurlijk,' snikt Rosa. 'Mijn ouders zijn gescheiden. Hij woont in Eindhoven.'
'Waarom ga je dan niet naar hem toe?'
'Hij is heel vaak op zakenreis. En... en hij heeft een nieuwe vriendin.'
De vrouw schudt haar hoofd. 'Ja, ja, moppie, zo gaat dat tegenwoordig. Allemaal op zoek. Allemaal op zoek.'
Rosa staart naar buiten en haalt luidruchtig haar neus op. De

oude vrouw neuriet opnieuw het liedje. Rosa kent het niet, maar het klinkt vrolijk en gezellig. Er gaat iets heel geruststellends van haar uit. Iets super-moederlijks. Groot, dik en veilig. Als een lekker warm bed met kussens waar je je in kunt verstoppen. Heel anders dan haar eigen moeder.

'Ik ben ook op zoek,' zegt Rosa ten slotte. Rosa durft de vrouw niet aan te kijken. 'Ik ben op zoek naar mezelf. Soms weet ik gewoon niet meer wie ik ben, en wat ik nou werkelijk wil...'

'Ja, ja, moppie. Ik begrijp het wel, hoor.'

Rosa kijkt de vrouw aan. 'Misschien ben ik nu wel brutaal, maar u... u bent al oud. Weet u het al? Wat u wilt en... en wie u nou werkelijk bent? Of... of is dat een rare vraag?'

De oude vrouw lacht vrolijk. 'Nee moppie, dat is helemaal geen gekke vraag, hoor. De allerbelangrijkste vraag in het leven! Wie ben ik en wat wil ik?'

Ze lijkt wel een toverfee, denkt Rosa. Een dikke, lieve, zwarte toverfee. Waarom zijn die er nooit in sprookjes?

'Soms denk ik dat ik het wel weet,' zegt de toverfee, nadat ze even heeft nagedacht. 'Wat ik altijd van mijn moeder geleerd heb, is dat je kunt zijn wie je wílt zijn. Je kunt jezelf elke minuut, elke seconde opnieuw uitvinden, weet je. Wij zijn de vertellers van ons eigen verhaal, van ons eigen leven.'

Rosa is even stil. Hier moet ze over nadenken. Is zij de verteller van het verhaal van haar eigen leven? Dus ze kan gewoon veranderen? Ze kan zijn wie ze wil zijn? Moedige Rosa? Behulpzame Rosa? Lieve Rosa? Eerlijke Rosa?

'Maar... maar hoe doe je dat dan?'

'Dat doe je door de keuzes die je maakt, schatje. Door even na te denken voordat je iets doet of zegt. Dat is moeilijk, ik weet het wel. Maar als je nadenkt, echt nadenkt over de gevolgen van je keuzes, verandert er een heleboel, dat zul je zien.'

Rosa denkt aan Alexander. En aan Thomas.

'Maar ik kan andere mensen toch niet veranderen?

'Nee, dat kun je zeker niet. Moet je niet proberen ook!' De vrouw schatert het uit, alsof het een goede grap is.

'Maar weet je, kindjelief, ik zal je een geheimpje vertellen. Als jij verandert, als je andere dingen zegt en doet, dan gaan andere mensen ook anders op je reageren. En dus veranderen ze!'

De vrouw kijkt haar stralend aan. 'Wat kijk je nu ongelovig, moppie? Zo simpel is het, hoor!'
Nu moet Rosa aan haar nieuwe klas denken en aan wat Karien tegen haar zei. Opeens wil ze haar heel graag zien en haar alles eerlijk vertellen.
Rosa voelt weer tranen opkomen, maar nu niet van verdriet. Vreemd genoeg voelt ze zich blij en opgelucht. Ook al heeft ze geen flauw idee hoe het allemaal verder moet. De toverfee heeft een zaadje in haar geplant. Een zaadje van zelfvertrouwen.
De trein begint langzamer te rijden.
'Geldermalsen, station Geldermalsen,' klinkt de stem van de conducteur door de luidsprekers.
De oude dame knipt haar tas dicht. Het aangebroken rolletje pepermunt geeft ze aan Rosa. Ze knijpt glimlachend in haar hand en komt stram overeind.
'Dank u... dank u wel...' stottert Rosa. 'En ook voor het kaartje, ik weet niet hoe ik...'
De vrouw schudt haar hoofd en glimlacht. 'Geen dank, moppie, geen dank.'
Ze staat moeizaam op. Rosa ziet dat ze klein van stuk is, nog kleiner dan zij, terwijl ze zo groot leek. Snel komt ze overeind en doet de deur voor haar open.
'Dag... oma!' mompelt Rosa en ze geeft het vrouwtje verlegen een zoen op haar zachte, dikke wang. 'Echt hartstikke bedankt, hoor.'
'Dag Jojanneke, maak er maar een mooi verhaal van!'

De sprookjesprins!

Een uurtje later staat Rosa op het station in Den Bosch. De mensen lopen gehaast langs haar heen. Ze kijkt besluiteloos naar haar treinkaartje. Wat zal ze doen? Ze zou nu meteen kunnen teruggaan, maar ze wil Esther heel graag zien en alles aan haar vertellen. Of ze nou preken krijgt of niet. En Sas wil ze ook zien. Maar... dan gaat Esthers moeder vast de hare opbellen en...
Opeens hoort ze haar naam roepen. Ze kijkt verbaasd om zich heen.
'Rosa!'
Ze kan haar ogen niet geloven. Het is Jonas en hij rent op haar af. Ze herkent hem bijna niet, hij draagt geen bril en heeft spikes in zijn haar.
Hijgend komt hij vlak voor haar tot stilstand en grijpt haar bij haar schouders.
'Roos! Wat toevallig! Wat doe jij hier nou?'
'Jonas!' Rosa is zo blij dat ze hem omarmt. Ze begint prompt weer te huilen.
'Rosa, wat is er? Waarom huil je? Wat zie je er anders uit!'
'Ik, ik... ben... ik, jij...' Ze kan niet uit haar woorden komen.
'Kom even zitten,' zegt Jonas en hij trekt haar naar een bankje.

'Zal ik wat te drinken voor je halen? Een ijsje?'
Rosa schudt haar hoofd.
'Ik... ik ben weggelopen, Jonas. Ik had zo'n verschrikkelijke ruzie met Alexander en met mama!'
'Jij ook al?' vraagt Jonas verbaasd.
'Hoezo, ook al? Wie dan nog meer?' snikt Rosa. 'Ben jij soms ook weggelopen?'
Ze houdt op met huilen en kijkt Jonas met betraande ogen aan.
Jonas friemelt verlegen aan een knoop van zijn spijkerjack.
'Nee, ik ben niet weggelopen. Ikke... ik wacht hier op iemand. En die was ook weggelopen van huis.'
'Op wie dan? Op Emmy? Maar die woont toch ook in Limburg?'
'Nee, uh, het is uit met Emmy, uuuh... ik wacht op iemand anders. Iemand die jij niet kent.'
Rosa veegt haar neus af met haar mouw.
'Wat doe je nou geheimzinnig? Op wie dan? Toe, wij vertelden elkaar toch altijd alles?'
'Op een meisje van internet, met donker haar. Ikke... ik kwam haar redden.'
Rosa staart hem met grote ogen en open mond aan.
'Uuuh... ze heet toevallig toch niet... Dalia?'
Als door een wesp gestoken springt Jonas overeind.
'Nee toch, dat kan toch niet... jij bent toch niet...'
Rosa wijst naar zijn spikes en barst in lachen uit.
'Jawel! En dan ben jij... ben jij de Sprookjesprins?'
Jonas' ogen puilen bijna uit zijn hoofd.
'Jasper! Achttien jaar!' giert Rosa. 'Jasper de dichter!'
'Dalia! Exotische schoonheid met haar tot op haar billen!' giert Jonas. Opeens stopt hij met lachen. 'Hoezo Jasper de dichter? Vond je mijn gedichten niet goed soms?'
Rosa staat ook op en pakt zijn hand. 'Ik vond ze prachtig, Jonas. Toen ik ze las, dacht ik: ik wou dat iemand zulke gedichten voor mij schreef. Waren ze voor Emmy? En over wie had je nou liefdesverdriet? En... en...' Rosa struikelt over al haar vragen. 'En waarom mailde je mij nooit meer? Daar snapte ik niks van. Was je boos op me?'
Jonas gaat zitten en woelt door zijn haar. Zijn krullen ontsnappen uit de gel en hij bloost diep.

'Toe, zeg eens.'

'Ik... ik...' Jonas haalt diep adem en kijkt haar onzeker aan. 'Ik vond het heel erg dat jij onze Internet Verkering uitmaakte. Weet je, ik... ik... Ach, laat ook maar zitten.' Verlegen draait hij zijn gezicht af.

Rosa pakt zijn hand weer vast en knijpt erin. 'Vertel het nou, Joondeboon. Jij zegt zelf altijd dat je alles moet zeggen, dat je eerlijk moet zijn. En de Sprookjesprins zei het ook.'

Jonas slikt. Ze ziet opeens dat hij lange krullende wimpers heeft. En mooie groene ogen. Dat was haar nooit eerder opgevallen.

'Waar is je bril eigenlijk gebleven?'

'Ik heb lenzen tegenwoordig.'

'Staat je goed! Vertel nou, Joni-macaroni.'

'Die... die gedichten waren voor jou, Roos. Want ik... ik was, ik ben....verliefd op je. Ik heb die verkering met Emmy verzonnen. En ik was ook niet echt op Aisha. Ik wilde jou jaloers maken.'

'De survivaltips,' giechelt Rosa. Ze voelt zich ineens opgetogen en licht. Ze zou met Jonas over het perron willen dansen en springen.

'Ben je echt verliefd op me?'

Jonas knikt verlegen en kijkt de andere kant op. Rosa weet even niet wat ze moet zeggen.

'Ik ben net een fee tegengekomen in de trein,' zegt ze ten slotte. 'Het was een dikke, wijze, zwarte fee. Ze kon mijn gedachten lezen.'

Ze aait Jonas over zijn warrige kapsel. 'Die spikes heb je gemaakt voor Bloem, hè? Omdat ze dat zo stoer vond.'

Jonas knikt.

'Wat lief van je...'

Hij raakt verlegen haar haar aan. 'Wat zijn je krullen kort, Roos. Staat ook leuk, hoor. Heel anders. Ouder.'

Rosa bloost. 'Weet je, die fee zei dat wij de vertellers zijn van ons eigen verhaal.'

Jonas kijkt haar niet-begrijpend aan.

'Ze bedoelde dat je zelf bepaalt wat er gebeurt in je leven. Je maakt het zo leuk of zo akelig als je zelf wilt.'

Jonas kijkt verbaasd. 'Ik... ik begrijp niet waar je naartoe wilt hoor, dat is toch vanzelfsprekend?'

'Niet zo vanzelfsprekend als je denkt,' zegt Rosa. 'Doe je ogen eens dicht.' Ze schuift dichter naar hem toe. Jonas sluit gehoorzaam zijn ogen.

'Dit is een sprookje. Jij bent de prins en ik de prinses. De prins is nog nooit in zijn leven gekust. En de prinses vindt de prins heel erg lief en ze geeft hem zijn eerste zoen...'

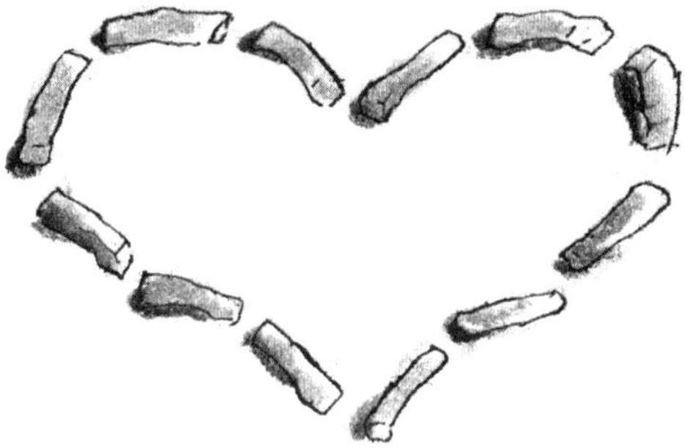

J + R

Rosa, Jonas en Esther zitten aan tafel. Esthers moeder komt binnen met een grote schaal friet.
'Maar… hoe hebben jullie elkaar nou gevonden in die chatbox? Dat is toch hartstikke toevallig?' vraagt Esther opgewonden.
'Nou, eigenlijk niet zo,' antwoordt Jonas. 'Ik had Rosa toch een aantal adressen opgegeven? Op die chatbox chatte ik zelf ook wel eens. Het was de eerste van het lijstje. Maar ik heb nooit gedacht dat Roos het was!'
Esther proest het uit. 'De Sprookjesprins en Bloempje… Wat een verhaal! En toen ben je als een echte prins op een wit paard meteen in de trein gesprongen om haar te redden? Wat romantisch!'
Jonas knikt blozend. 'Ik was ook heel nieuwsgierig. Ik durfde eigenlijk niet goed, want ik had gelogen over hoe ik eruitzag en hoe oud ik was.'
'Ik ook,' zegt Rosa. 'Maar dat doet volgens mij iedereen in zo'n chatbox.'
Ze geeft Jonas onder tafel een zacht duwtje met haar voet. 'Wel dapper van je, Joon.'
Jonas bloost.
'Volgens mij zijn jullie verliefd!' roept Esther uit.
Lachend onderbreekt Esthers moeder haar dochter. Ze ziet dat

Rosa en Jonas zich erg opgelaten voelen. 'Rosa, ik heb je moeder net aan de telefoon gehad. Ze komen je straks ophalen en ze zijn niet kwaad, alleen maar heel ongerust.'
'Ach nee, dat hoeft toch niet,' zegt Jonas. 'Ik breng haar wel naar huis, met de trein. Dan kan ik Appie-krentenkakkie ook zien! Kijken of hij op haar lijkt.'
Rosa kijkt hem verheugd aan. 'Wauw, dat zou tof zijn, Joon. Kun jij mij helpen alles uit te praten met Alexander en mama. En ook met Karien. Jij bent daar hartstikke goed in.'
Jonas bloost.
'Leuk setje zijn jullie, hoor,' zegt Esther met een brede grijns. 'Volgens mij passen jullie hartstikke goed bij elkaar!'
De bel gaat. Esther rent naar de voordeur om open te doen en komt terug met Sascha.
Rosa springt overeind en omhelst haar.
'Eens kijken hoe je er nu weer uitziet, Sas, ouwe punker! Groen haar, dat had je nog niet, hè? Nog piercings erbij?'
Sas schudt lachend van nee. Dan ziet Rosa dat er een lange jongen achter haar staat.
'En dat is zeker Theo?'
Sascha geeft haar een duw en trekt een waarschuwend gezicht. 'Nee, joh. Theo, wie is dat nou weer? Dit is Mark. Mark, dit is Rosa, mijn beste vriendin.'
'Ho, ho, míjn beste vriendin zul je bedoelen!' zegt Esther lachend.
'En de mijne!' roept Jonas.

Tips voor liefde op afstand

1. *Er zijn een heleboel manieren om contact met elkaar te hebben. Bellen wordt meestal nogal duur. Je kunt:*
   a. ouderwets brieven schrijven
   b. e-mailen
   c. msn'en
   d. sms'en.
2. *Spaar voor een camera die je op je computer kunt zetten. Als je vriendje of vriendin dat ook doet, kun je elkaar zien.*
3. *Verras elkaar! Stuur zo nu en dan iets leuks met de post. Een gedicht, een gedroogde bloem, een mooie foto, of een kussensloop met jouw favoriete geurtje erop! Persoonlijke kleine dingen zijn altijd veel leuker dan dure cadeaus.*
4. *Als je mag, kun je elkaar in de vakanties opzoeken.*
5. *Als je op iemand anders wordt, kun je het beter zeggen. Spreek af dat je eerlijk tegen elkaar zult zijn. Jij vindt het niet prettig als je voor de gek wordt gehouden, dus je vriend of vriendin ook niet.*
6. *Kijk tegelijkertijd naar dezelfde film op tv of in de bioscoop en praat er dan over. Dan lijkt het alsof jullie samen waren. Lees tegelijkertijd hetzelfde boek.*
7. *Schrijf een fantasieverhaal over wat jullie samen gaan doen als je elkaar weer ziet en laat de ander dat lezen. Maak het extra romantisch. Het is heerlijk om zo'n brief te krijgen, en zo leer je elkaar ook goed kennen.*
8. *Wanhoop niet als je elkaar weinig ziet, want zo blijf je veel langer verliefd!*

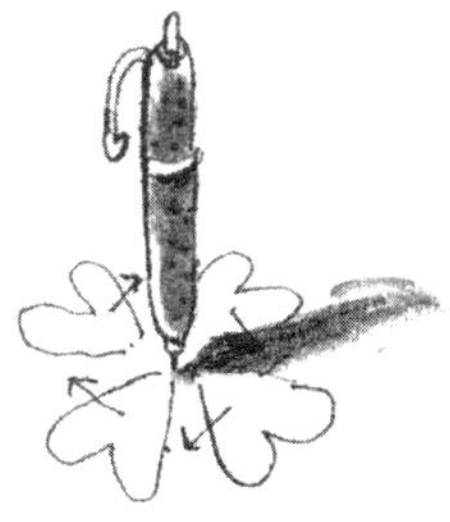

Over Francine Oomen

Francine is op 27 maart 1960 geboren in Laren (N-H). Van kleins af aan was ze altijd aan het tekenen, lezen of schrijven. Na de middelbare school twijfelde ze tussen een studie psychologie en iets creatiefs. Het werd de Design Academy in Eindhoven.

© Chris van Houts

Boeken maken, op welke manier dan ook, was Francines droom. Ze begon met het ontwerpen van 'noveltyboeken'. Dat zijn boeken met iets nieuws, zoals de knisperboekjes, de rammelaarboekjes en nog veel meer. Daarna ging ze schrijven en ook zelf illustreren.
De *Saartje en Tommie-serie,* samen met Dagmar Stam, was haar eerste internationale succes. Daarna volgden vele (prenten)boeken, die ook in andere landen verschenen.
Toen haar eigen kinderen groter werden, ging Francine ook voor oudere kinderen schrijven.
Haar grote doorbraak kwam met de *Hoe overleef ik...*-serie, waarvan inmiddels tien delen zijn verschenen.
In totaal heeft Francine ruim honderd boeken gemaakt. Haar droom is dus wel uitgekomen! Zeker toen ze in het jaar 2003 het Kinderboekenweekgeschenk mocht schrijven: *Het Zwanenmeer (maar dan anders).* En ze is nog lang niet uitgeschreven!

Francine heeft zo veel boeken geschreven dat ze niet eens meer allemaal op één pagina passen. Als je meer wilt weten over Francine en haar boeken, surf dan naar www.francineoomen.nl